泣いてもいいよ、ここでなら

杉原朱紀

幻冬舎ルチル文庫

C O N T E N T S ✦目次✦

✦カバーデザイン＝久保宏夏（omochi design）
✦ブックデザイン＝まるか工房

イラスト・鈴倉 温✦

泣いてもいいよ、ここでなら

あの人は、俺にとってのヒーローだった。

小さな頃、一人で泣いているといつも見つけてくれた。タイミングの問題もあったのだろう。むしろ、泣いている時によく会う人だった。

「どうした？　そんなところでまた泣いて。そんなに泣くと、目が溶けるぞ」

笑いながらそう言って、温かな大きな掌《てのひら》にあやすように頭を撫《な》でられると、それだけで安心した。幼い頃から親にあまり構われた記憶がなかったため、今でも、父親にそうされたことよりその人にそうしてもらったことの方がよく思い出せる。

十歳近く年上だったその人は、商店街にある酒屋の息子《むすこ》で、物心ついた頃から週に一度は配達で家にきていた。店が近かったため配達日ではない時でも顔を合わせる機会は多く、会えばいつも笑顔で構ってくれた。当時から人見知りがひどく、特に大人《おとな》は苦手だったが、その人だけは会えると嬉《うれ》しかったのを覚えている。

いつだったか、公園のジャングルジムの上から下りられず泣いていた時も、その人が見つけてくれた。いつものように声をかけてくれ、手を差し伸べてくれたのだ。

「下りられなくなったのか？」

「……犬、いたの」

どうした、と聞かれたそれにぽそりと呟《つぶや》くと、一瞬驚いたように目を見開いたその人が破顔した。

「ああ、そういえばさっき走っていったな。犬、苦手なのか？　だから、こんなところに登ってたのか」

こくりと頷《うなず》くと、そうか怖かったな、と頭を撫でてくれる。

追いかけてきた野良犬《のらいぬ》は、ずっとジャングルジムの下をうろうろしていたが、人の気配が増えたせいかその人がきた途端逃げていった。下りておいでと声をかけられ、怖々下りていったところで優しく抱き上げてくれたその人に、甘えるように縋《すが》り付いた。

「咲良《さくら》は泣き虫だな」

あやすように身体《からだ》を揺らされ、楽しげに笑われる。けれどその指摘には幼いながらも不満を感じ、むうっと唇《くちびる》を尖《とが》らせた。

普段からそんなに泣いているわけではない。家ではなにかあっても堪《こら》えているし、親にも妹にも見られたことはなかった。だから自分が泣いていることを知っているのは、この人だけなのだ。

「……泣き虫じゃないもん」

強がって小さく呟くと「そうか？」と笑み含みの声が返ってくる。だがすぐに、なにかに思い当たったように頷いた。

「ああ、でも。確かに、お前、大人しいけど雪子《ゆきこ》ちゃんの前では絶対泣かないもんな。泣いてる時はいっつも一人だし」

「男は、泣いちゃ駄目だって……」

家で泣くと、父親にそう言って怒られる。だから泣きたい時は、いつも一人で外に出るのだ。人気《ひとけ》のないところでしか泣くことができない。そんな自分に、その人は、ほんの少しだけ悲しそうな顔をした。

「泣くのは悪いことじゃない。……泣きたくなったら俺のところにおいで。好きなだけ泣いて悲しいものを全部流したら、きっと、また頑張れる」

「直人《なおと》兄ちゃん……」

「俺のところでなら、幾らでも泣いていいよ。その代わり、一人で泣くのは禁止。な？」

囁《ささや》くような優しい声は、ひどく甘く、そして温かく。

やがて会えなくなる日がきてしまったけれど、その言葉はずっと、心の柔らかな部分を守り続けてくれていた。


なにがどうしてこうなった。

目の前に広がる光景を見つめながら、早瀬《はやせ》咲良は為《な》す術《すべ》もなく立ち尽くした。

思考が完全にストップし、なにかを考えようとする端から部屋に充満する泣き声に遮られてしまう。脳髄《のうずい》にまで響くようなそれに、疲れきった頭はさらに疲弊し、やがて考える努力すら放棄して溜息《ためいき》をついた。

（……ぼんやりしてても仕方がないか）

無意識のうちに止めてしまっていた息を吐き出したことで、ほんの少し落ち着きを取り戻す。こうして突っ立っていても状況が変わるわけではない。自身にそう言い聞かせ、重くなった足をどうにか前へと進めた。

一人で住むには広すぎる二階建ての一軒家。咲良の実家でもあるこの家で暮らしているのは、咲良と、三歳になった双子《ふたご》の甥《おい》と姪《めい》――兄である遠野千歳《とおのちとせ》と、妹、百花《ももか》の三人だ。そして数日前からとある事情で預かることになった幼い子供二人は、今現在、リビングのソファ近くで、遊んでいたおもちゃに囲まれたまま揃《そろ》って泣いている。

ほんの少し目を離した隙《すき》に――咲良がかかってきた電話をとり、別の部屋に行っていた五分ほどの間に――一体なにがあったのか。

（喧嘩《けんか》した感じじゃないし……とすると、やっぱりあれかな）

ざっと見たところ、怪我《けが》をした様子はない。そのことにひとまず安堵《あんど》しつつ二人の傍《そば》に膝《ひざ》をつく。そして、これ以上ひどくならないようにと祈りながらそっと声をかけた。

「どうしたの？　千歳、百花」

「……っ、うわぁあああーん……っ」

「ふぇ、ふぇえええ……っ」

だが悲しいかな祈りも虚しく、咲良の声に反応するように二人の泣き声はさらに大きくなってしまう。

（あああ、また……）

ぎゅっと胃が縮むような感覚に、シャツの上から鳩尾《みぞおち》の辺りを押さえる。子供の遠慮のない泣き声はよく通る。梅雨《つゆ》も明け、本格的に夏が近づいてきたこの季節、窓を開けている家は多い。この家も、エアコンをつけてリビングの窓は閉めているものの、風を通すために窓を開けている部屋もあり、恐らく隣家には漏《も》れ聞こえてしまっているだろう。

『最近、しょっちゅう子供の泣き声がするけど……なにかあったの？』

隣家に住む婦人の、心配そうな――それでいて訝《いぶか》しげな表情。一ヶ月だけ親戚《しんせき》の子供を預かることになったと説明はしているが、自分が虐待をしていると疑われているのではないかという気がして、二人が泣く度にひやひやしてしまう。

（早く泣きやませないと……でも、どうしたら）

気ばかり焦ってうまくあやすこともできず、結局いつも通り二人の傍に膝をついて泣きやむのを待つことしかできない。

「そんなに泣かないでよ……。どこか痛い？」

危ないものは手の届かないところに隠してあるが、万が一ということもある。努めて優しく声をかけるが、二人は咲良の問いに答えることなくひたすら泣き続けるだけだった。こうなってしまうと、泣き疲れるまで収まらないだろう。

『どうした？　そんなところでまた泣いて』

ふと、昔、自分が泣いていた時に頭を撫でてくれた温かな感触を思い出す。大きな掌は、いつも悲しみと不安を和らげてくれた。そんな懐かしい記憶を辿《たど》るように、百花のゆるく波打った髪に手を伸ばした。

「……っ」

だが頭を軽く撫でた途端、百花が咲良の手を嫌がるように身を捩《よじ》ったため、ぱっと手を離す。偶然なのかもしれなかったが、それ以上手を伸ばすこともできず、宙に浮いた手をそろそろと引っ込めた。

（やっぱり、怖がられてるのかな）

眉《まゆ》を下げながらそう思うものの、どうすればいいのかがわからない。

小作りな顔立ちに、少しくせのある柔らかな薄茶色の髪と同色の瞳。身長は平均並みにあるものの、華奢《きゃしゃ》な体軀《たいく》や少し下がり気味の眦《まなじり》のおかげで、頼りないと言われることはあっても怯《おび》えられた経験はない。

ただ、人付き合いが苦手な上に子供と接した経験が全くないせいでどうしても苦手意識の方が先に立ってしまい、それを感じ取っているせいか、二人とも——特に百花は、いまだに懐くどころか怯える素振りすら見せていた。

「ふえ、ふ……っ、まま、……まま……っ」

「……――っ」

泣きながら母親を呼ぶ百花に、原因を察し、同時にうんざりした気分になってしまう。恐らく、どちらかが母親に会いたいと言い始め、百花が泣き出したのだろう。それにつられるようにして、千歳も泣き始めた。すでに幾度かあったパターンに、疲れた表情を隠すことができず「あのね」と二人に向かって呟いた。

「ママは用事があってちょっと遠くに行ってるんだ。一ヶ月くらいしたらちゃんと帰ってくるから、それまで我慢して……ね？」

言い聞かせるような咲良の声に、全力で泣いている子供達が耳を貸すことはない。そっと溜息を零《こぼ》し時計を見れば、針は夕方の五時を指していた。そろそろ夕飯の準備の時間だ。どちらにせよ、ここに自分がいてもできることはない。

「……――ご飯作ってくるから。もうちょっとここで遊んでて」

疲れてきたのか若干勢いが収まってきた二人にそう告げ立ち上がると、逃げるようにキッチンへと向かう。キッチンからはリビングにいる二人の姿が見えるため、なにかあればすぐに駆けつけられる。泣き声は追いかけてくるものの、目の前のやるべきことに意識が逸《そ》らせる分、少し気が楽になった。

「ええと……挽肉《ひきにく》はあるし、玉葱《たまねぎ》もある。南瓜《かぼちゃ》と……」

双子の母親から渡された大学ノートを開き、現実逃避よろしく、ぶつぶつと呟きながら書かれたレシピ通りに材料を冷蔵庫から出して並べていく。

(一ヶ月……一ヶ月の辛抱だ。雪子が戻ってくるまでの)

そう心の中で念じながら、咲良はきりきりとした頭痛をどうにかやり過ごし、目の前の材料を調理すべく包丁を握った。


なんの変哲もない静かな日常が一変したのは、一週間ほど前のことだった。

その日、幼い双子を連れてこの家を訪れた妹――遠野雪子は、随分と思い詰めた表情をしていた。

雪子は、名字は違うが咲良の血の繋《つな》がった実妹だ。咲良達の両親は、十数年前に離婚しており、当時、咲良は母親、雪子は父親に引き取られた。父親とはそれきりだったが、雪子とはある程度大きくなってから互いに連絡を取り合い会っていた。

ただ、それも三年前までの話だ。その頃、雪子から仕事の関係で遠方に引っ越したと連絡があり、以降、年に一、二度くらいの頻度で電話はしていたが本人と会ってはいなかった。

だが先日、折り入って頼みたいことがあると連絡があり、家に招いたのだ。

『お願い、咲良ちゃん。私が入院してる間、この子達を預かって欲しいの』

子供達をリビングで遊ばせ、ダイニングテーブルで向かい合って座ると、雪子は抑え気味の声でそう告げた。子供には聞かせたくない。雪子の声と態度がそう物語っており、咲良もそれに合わせるように自然と声を潜めた。

だが妹が子供を産んでいたことすら知らなかった咲良は、頼まれた内容よりも先に、子供がいるというその事実に愕然《がくぜん》としていた。

『って、……あの子達、雪子の？』

『うん……。ごめんね。咲良ちゃんには話さなきゃと思ってたんだけど、なかなか言い出せなくて』

申し訳なさそうな顔でそう頭を下げた雪子は、会っていなかった数年間のことをぽつぽつと話し始めた。

以前付き合っていた相手と結婚の約束をしており、その人との間に子供ができたこと。だが、子供達が生まれた直後、事情があって別れたこと。どうしてもと言われ認知だけは了承したが、引き替えに、今後一切、自分と子供には関わらないよう約束させたということ。

別れた後、雪子は完全に連絡を絶つために仕事を辞めて遠方へと引っ越したそうだ。

引っ越した先は、遠く離れた地方の観光地だった。学生時代の親友が結婚して田舎《いなか》の旅館を継いでおり、そこで雇ってもらっていたのだという。事情を知った親友が、社員寮を手配してくれたり自身の子供と一緒の保育園を紹介してくれたりと融通を利かせてくれ、働きつつなんとか双子を育てていたらしい。

『あの子達のことは、父さんも知らないわ。助けてくれた友達以外、誰にも話してなくて……。もう少し大きくなるまでは、あんまり知られたくないから……咲良ちゃんしか頼める人がいなくて。無理は承知の上だけど、お願いします』

土下座せんばかりに頭を下げた雪子に、咲良は慌てて頭を上げさせた。

両親の離婚後、雪子を引き取った父親は一年も経たないうちに再婚した。雪子は義母との折り合いが悪く、高校卒業後、すぐに就職し家を出たのだ。だから、自分の実家は頼れないのだろう。まだ実母である咲良達の母親の方が頼れる存在ではあるが、当の母親も六年ほど前に再婚したため、雪子は気を遣って自分から会いたいとは絶対に言わない。

だが、妹に子供がいたという衝撃から抜け出すと、今度は別の疑問が生じてきた。

『入院って、どこか悪いのか？』

『うん……肝臓に、腫瘍《しゅよう》が見つかったの。多分、悪性だろうって……。でも、まだかなり初期段階だから、早く手術すれば根治できる可能性が高いって言われて。この子達をおいていくわけにはいかないから』

そう言った雪子は、昔から変わらない。自分とは正反対の意志の強い瞳で咲良を見据えた。いや、むしろ母親になって昔よりもその色は強くなったような気すらした。

子供がいることや病気になったこと。一気に衝撃を受け、反応を返せないでいる咲良に、雪子はいきなり色々言われても混乱するよね、と苦笑した。だが、頼みを翻すことはなく、再び頭を下げた。

『あの子達のことは、一番信頼できる人にしか頼めないの。迷惑をかけるのは十分わかっているけど……。お願い、お兄ちゃん』

お兄ちゃん、というその一言に、咲良は断る言葉を封じられてしまう。

咲良の仕事は、いわゆる小説家で、基本的に自宅仕事だ。一つ締め切りが迫っている原稿はあるものの、確かに時間の融通は利く。家も、高校卒業と同時にマンションを借り一人暮らしをしていたものの、二年前から海外赴任で渡米している両親に管理を任され実家に住んでいるため、子供が二人増えたとしても十分な広さがある。

独身で子供を育てた経験もない自分に面倒が見られるとは思えなかったが、妹が自分を頼ってきた理由を考えれば無理だと断ることもできない。

そもそも、自分よりよほどしっかりしているこの妹は、これまでこんなふうに自分を頼ってきたことはなかった。むしろ自分の方が、時々顔を合わせる妹から励まされてきたのだ。社会性があるとは言いがたい咲良が、小説家として仕事ができているのも、雪子の後押しがあったおかげだ。

そして結局は、切羽詰まった妹の様子に断ることができないまま、咲良は二人を預かることになったのだった。

「はんばーぐ！」

耳に届いたテンションの高い声に、はっと我に返る。

目の前のダイニングテーブルには三人分の料理が並べられ、咲良と向かい合うようにして双子が座っている。

最初、このテーブルに二人を座らせようとした時、普通の椅子《いす》では座高が足りないことに気がついた。考えれば当然のことなのに、実際にその時にならなければ気がつかないほど、咲良は子供と一緒に住むことに不慣れだったのだ。今は、二人が座る椅子に、座布団《ざぶとん》代わりに厚みと固さのあるクッションを敷いている。

テーブルを挟んだ向かい側には、皿の上に盛られた料理を見て、先ほどまで大泣きしていたとは思えないきらきらした笑顔の千歳がいる。百花も、別の皿に盛った南瓜の煮付けに視線が釘付《くぎづ》けだ。

双子とはいえ男女の差もあり、うりふたつというわけではない二人は、どちらかといえば自分と雪子に似ている。千歳の、くせのない栗色の髪やつり上がり気味の意志の強そうな瞳は雪子譲りだし、百花の全体的な色素の薄さや、肩に届くほどのゆるく波打ったくせのある髪、眦が下がり気味の大きな瞳などは、咲良そっくりだ。

性格も、自分達兄妹とは正反対で、兄の千歳は好奇心旺盛《おうせい》で元気だが、妹の百花は人見知りが激しく大人しい。

ダイニングテーブルに並ぶ今日の夕飯は、ハンバーグと、付け合わせに温野菜のサラダ、そして南瓜の煮付けだ。ハンバーグは千歳、南瓜の煮付けは百花の好物だった。

昨日の夕飯までは、雪子が作り置きしておいてくれた料理で凌《しの》いでいたのだが、それも尽きてしまったため、今日からは自分で作らなければならなかったのだ。

「いたーきます！」

「……ます」

きちんと躾《しつ》けられているのだろう。手を合わせて食事の前の挨拶《あいさつ》をしてから、二人が子供用のフォークを取る。そして、意気揚々とハンバーグを切った千歳が大きく口を開いて一口目を食べた。

「……――」

だが、次の瞬間、明るい表情が見る間に萎《しぼ》んでいく。音がしそうなほどのそれに次の言葉を察し、千歳からすっと視線を逸らした。

「……おいしくない」

しゅんとした声に、がっくりと肩が落ちる。

「……――」

もそもそと南瓜の煮付けをフォークで食べている百花の表情も、どこか浮かない。一応、子供用に味は薄めにしてあるが、こちらも不評らしい。

「……ごめんね。薬だと思って食べて」

俯《うつむ》きながら呟き、自分の皿に盛ったハンバーグを食べる。火は通っているが、逆に焼きすぎてしまったのか、材料の配分を間違えてしまったのか、ぱさぱさで確かに美味《おい》しいとはいえない。レシピがあったとしても、所詮作り慣れない人間が作ったものだ。しかも、今日は無理して二品も作ったため、片方に集中している間、もう片方がおろそかになってしまうという悪循環だった。

（自分の分だけだったら、コンビニでもいいから楽なのに……）

基本的に咲良は、味はあまり気にならず、同じものを何日でも食べ続けられる性質《たち》だ。食に興味が薄いため、手の込んだ料理を自分のために作ることもない。

それでも、預かっている間ずっと子供達にコンビニ弁当や味の濃いお総菜を食べさせるのは身体に悪そうでなんとかしようと思ったのだが、これなら買ってきたものの方がましなのかもしれないと溜息をついた。

「ごちそうさま……」

もそもそと浮かない顔でハンバーグを半分ほど食べた千歳が、ご飯とマヨネーズを添えた温野菜を食べた後、フォークを置く。ひたすら南瓜の煮付けと格闘していた百花も、二つほど食べて、それ以上手をつけようとしなかった。一応、こちらもご飯や野菜は食べているため、それ以上無理強いはしない。

パンやインスタントスープ、サラダ、ソーセージ、シチューなど、味つけや手の込んだ工程を必要としなさそうなメニューで凌ぐしかないかと肩を落とす。力不足ではあるが、これなら喜んでくれるだろうかと自分にしては必死にやったつもりだったため、落胆も大きかった。

「……明日は、美味しいもの買ってくるから」

そう呟くと、千歳がぱっと明るい表情で顔を上げる。

「はんばーぐ！」

よほど好きなのだろう。期待に満ちた瞳に、ハンバーグね、と力なく微笑《ほほえ》む。

成果の出ない努力ほど虚しくなるものはない。メインの料理だけは総菜に頼ることを早々に決め、咲良はすっかり失せた食欲に箸《はし》を置いた。

『桜川《さくらがわ》さん……声に元気がないですけど、大丈夫ですか？』

「……はい」

スマートフォン越しに聞こえる心配そうな男性の声に、咲良は力なく答えた。自室のパソコンの前で、画面に映る原稿を眺めながら、自然と零れそうになった溜息をどうにか飲み込む。

桜川瀬良《せら》、というのが咲良のペンネームだ。なんとなく本名をもじっただけの名前は、投稿時に困っていた咲良を見かねて雪子が考えてくれた。最初は呼ばれ慣れなかったそれも、六年も経てばさすがに違和感を覚えなくなってくる。

電話の向こうにいるのは、咲良がデビュー当時から世話になっている、草風社《そうふうしゃ》の担当編集である松江《まつえ》だ。二十四歳の咲良より九歳年上の松江は、当時、草風社から発行されている小説雑誌の新人賞に投稿した咲良の作品を読み連絡をくれた。賞自体はとれなかったものの、その後、松江の推薦で草風社で新たに立ち上げられるレーベルからデビューすることになり今に至る。

咲良は、主に一般向けの恋愛小説や青春小説を書いており、時々、別のレーベルでホラー小説や伝奇小説なども書いている。ファッション雑誌でも連載していたり、よほど無理だと思ったもの以外は受けるようにしているため、今のところ、食べていける程度の仕事はもらえていた。

二児の父でもある松江は、あたりが柔らかくほどよい距離感で接してくれるため、人見知りの激しい咲良でも身構えずに話せる数少ない相手だ。作品づくりに関しては厳しい面もあるが、だからこそ、仕事相手として全面的に信頼している。

『あー……大丈夫じゃなさそうですねえ。まあ、一人で小さい子二人の面倒を見るのは、子育て経験があっても大変でしょうし……。もう少ししたら、また私もお手伝いに行けるんですが』

「いえ！　これ以上、松江さんに甘えるわけには……色々教えていただいて、本当に助かりましたし」

申し訳なさそうな声に、とんでもないと首を横に振る。双子を預かった直後、雪子が前もって注意点などをノートに書いて準備してくれてはいたものの、些細《ささい》なことでも判断がつかないことが多く、ちょうど様子伺《うかが》いで連絡を入れてくれた松江に泣きついたのだ。

六歳と二歳になる娘と息子がいる父親はさすがに頼りになり、事情を話すとすぐに訪ねてきてくれ、あった方がいいものや気をつけた方がいいことなど、細かいことを丁寧に教えてくれた。触ると危ないものは全て手の届かないところに、というアドバイスとともに片付けを手伝ってくれたのも松江だ。

ただ松江自身、幾人もの担当作家を抱える忙しい編集者であるため、プライベートのことでそうそう頼るわけにもいかない。こうして気にかけてくれるだけでもありがたく、心配そうな声に「大丈夫」と答えることしかできなかった。

『もし今の原稿の締め切りが無理そうなら、発売時期を少し見直しますか？』

気遣わしげな提案に、心が揺れると同時に、自身のふがいなさに落ち込んでしまう。もう少し早めに進めておけば、突発的に双子を預かることになったからといって締め切りが危ぶまれるようなことにはならなかったはずなのだ。

（あと三週間……終わるかな……）

ディスプレイに表示されている、白紙のページをじっと見つめる。今現在、締め切りが迫っている原稿だが、三分の二を越えた辺りからなかなか進めることができないでいる。

本来ならもう終わっている予定だったのだが、プロット時から途中の展開を変えたことで時間を食ってしまい思ったより進んでいない。それでも、後半部分に変更はないため、いつもであれば余裕で間に合うペースだった。

だが、双子がきてから生活するのに精一杯で、今では間に合わない公算の方が高くなってしまっている。ただ、もしここで締め切りを延ばすと、下手《へた》をすれば後のスケジュールにも影響が出てしまうため、できれば間に合わせたかった。

人に迷惑をかけることが怖く、締め切りを破ったことは一度もない。今回は事情が事情なため、松江からも連絡さえもらえれば調整はすると言われている。それでも、一度自分の都合で予定を変えてしまうと、仕事がなくなってしまうのではないかという恐怖感からなかなか言い出せずにいた。

言わずにいて、結果的に迷惑をかける方がさらに被害は大きいのだと、わかってはいる。だが、言い出す踏ん切りがなかなかつかないでいるのだ。

（もうちょっとなんだけど……せめて、昼間に作業できたら）

鈍く痛む頭でそう考えながら、溜息を押し殺す。

平日の午前九時から午後四時まで、双子は託児所に預かってもらっている。当初は、その時間を原稿に当てるつもりだったのだが、運悪く向かい側の家で工事が始まり、予想外の騒音に昼間の作業は早々に諦めたのだ。今は昼間のうちに寝て、夜双子が寝た後に朝まで書くようにしている。ただ、午前中は家事をしているし、昼間も騒音のせいで起こされることがしばしばで、圧倒的に睡眠が足りていなかった。

こんな時、外で仕事ができればよかったのに、論外だった。人がいる場所では全く集中できず、気疲れするだけで終わってしまう。

昔から、インドアタイプで家に引き籠もりがちだったが、高校卒業直前に小説家としてデビューしてからは、年々それがひどくなっていた。買い物など、必要最低限の外出以外ではあまり外に出ることがなく、その買い物すらネットで配達してもらうことが多いため、週に一回家を出ればかなりいい方だった。

双子が来てからは、託児所への送迎や買い出しなどで外に出る機会が増え、そのせいで気疲れして集中を欠いているのも確かだ。季節柄、暑さで体力が落ちているのもある。

「もう少しだけ、待ってもらってもいいですか」

『わかりました。大丈夫ですよ。来週くらいまでであれば、まだ予定はなんとでもなりますから。とにかく、無理はしないでくださいね』

往生際の悪い咲良に、松江は急《せ》かす言葉は口にせず、安心させるように大丈夫だと請け負ってくれる。

本当にまずい時は言いますから。そう続けられ、ほっとしつつも申し訳なさからスマートフォンを持ったまま頭を下げた。

（やっぱり、俺に子供の面倒なんて無理だったんだ）

通話を切り、大きく息を吐く。外から聞こえてくる工事音とスマートフォン、パソコンとを見比べ、作業を続けるのは諦めてリビングへと向かった。そのままスマートフォンをソファテーブルに置き、ソファにぐったりと身体を埋《うず》める。

「眠い……」

呟くと、どっと眠気が襲ってくる。

今日は、朝から大騒動だったのだ。夜通し原稿を書き朝になって双子を起こしに行くと、千尋がおねしょをしてしまっていた。咲良に見つかると二人とも泣き始め、それを宥《なだ》めつつ着替えさせ朝食を食べさせてから託児所に連れていった。帰ってからは濡《ぬ》れたシーツや布団の洗濯に追われ、松江から電話がくる前にようやく落ち着いたのだ。

（今日は早めに家を出て、迎えに行く前に買い物しとかないと）

少し前に飲んだ頭痛薬が効いてきたのか、ようやく頭痛も軽くなってきた。これなら夜はちゃんと仕事ができそうだ。

（ちょっとだけ寝よう……）

そして、安堵とともにそう考えた直後、咲良の意識はふっと暗闇の中に飲み込まれていった。


「……はんばーぐじゃない」

恨みがましげにこちらを見ている千歳と視線が合い、うっと言葉に詰まる。だが言うべき言葉を見つけられず、気まずく視線を逸らすとごめんねと呟いた。

「ハンバーグと南瓜、買いに行く時間がなくて……明日はちゃんと買ってくるから」

昨日の夜、咲良お手製のハンバーグと南瓜の煮付けでがっかりさせてしまった二人に、今日は美味しいものを食べさせてやろうと思っていた。

だが、あの後ソファで熟睡してしまい、目が覚めた時には三時を回っていたのだ。結局、買い物する間もなく二人を迎えに行ったため、夕食は今日も咲良の手料理になってしまった。

しかも、中途半端にソファで寝ていたのが悪かったのか、折角治まりかけていた頭痛がぶり返しており、手の込んだものを作る気力などとてもなく、うどんにした。

「いや！　はんばーぐがいい！」

よほど楽しみにしていたのだろう。むうっとした顔で、千歳が嫌がる。頭に響く声に眉を顰《ひそ》めながら、言い聞かせるように告げた。

「今日は我慢して。明日はちゃんとするから」

「や！　ままのはんばーぐたべる！　じゃなきゃたべない！」

「あ！　危ない、落ちるから！」

ばたばたと椅子の上で暴れ始めた千歳に、咄嗟《とっさ》に立ち上がる。下に敷いたクッションは縛りつけておらず滑りやすい。滑り落ちないよう背後に回り込んで身体を押さえるが、一方の千歳は、これまで堪えてきたものが吹き出したように一層声を上げ手足を振り回した。さらに隣の百花も、兄の大きな声につられるように泣き始めてしまう。

「こら、危ないから……っ」

「いーやーっ！　ままのがいいのーっ！」

「……っえ、ふえぇぇぇ……っ」

「だから……っ」

「まぁま、ままぁ、うわあぁぁぁぁん……っ！」

止めようとすればするほど収拾がつかなくなる状況とひどくなる頭痛に、やがて咲良も限界を超え堪えきれず声を上げた。

「ママはいないの！　我慢して！」

「……――っ！」

「……っ！」

しまった。そう思った時には遅く、ぴたりと暴れるのをやめた千歳と隣に座っていた百花が泣いていた顔をさらに歪《ゆが》める。次の瞬間、二人が揃って大音量で泣き始め、咲良は慌てて床に膝をついた。

「ふぇ、ふぇえぇぇ……っ」

「うわあぁぁぁーん……っ」

「あっと……ええっと……お、大きな声出してごめん。約束破ったのは俺だから、二人は悪くなかったよね。ごめん、ごめんね」

千歳と百花の髪を撫でながら根気強く何度も謝っていると、徐々に泣き声が小さくなっていく。ようやくしゃくりあげるくらいになったところで、ゆっくりと二人の頭から手を離した。

「明日は、帰りに一緒に買い物に行こう。今日のお詫《わ》びに、好きなもの買ってあげるからね、と話しかけると、まだ涙で潤んだ瞳で百花がこちらを見る。それにぎこちなく笑いかけてやると、笑わないまでもおずおずと頷いた。

「……千歳も、ごめん。明日はちゃんと約束守るから」

そう言うと、ふてくされた顔のままだが、千歳もこくりと頷いた。ほっと息をつくと、二人の泣き濡れた顔を温タオルで拭《ぬぐ》い、立ち上がって自分の席に戻る。

「……っ」

座ると同時に、ずきりと頭が痛み、顔をしかめる。後でもう一回頭痛薬を飲んでおこう。そう思いながら前を見ると、百花が不安そうな顔でこちらを見ていた。だが、無理矢理笑みを作って笑い返してやると、ぱっと俯き、そのままフォークを取ってうどんを食べ始める。

（雪子が戻ってくる頃には、もうちょっと懐いてくれるといいけど）

かなり遠そうな道のりに途方に暮れつつ、すっかり失せた食欲に箸を取ることもできないまま重苦しい溜息をそっと零した。


「千歳と百花は、ハンバーグと南瓜の煮付けの他に、なにが好き？」

託児所に双子を迎えに行った後、少し離れた場所にある大型スーパーへ向かいながら、咲良は二人に声をかけた。

車道側を歩く咲良と千歳が手を繋いでおり、千歳を挟んで向こう側に、千歳と手を繋いだ百花がいる。二人ともと手を繋いでおく方が安心なのだろうが、車道側を小さい子供に歩かせる方が怖く、また、三歳児をずっと抱き上げておく体力もないため仕方がない。そして千歳は、興味をひくものがあると思わぬ行動に出ることがあるので、必然的にこの位置関係になった。百花は、たとえ手を離しても一人で勝手にどこかに行くことはない。

「……おむらいす」

俯いたまま呟いた千歳に「そっか」と返す。だが、その後に続ける言葉が見つからず、会話はそこで途切れてしまった。

昨夜、咲良が大きな声を出してから、二人とも元気がなくなってしまっている。託児所の職員は特に変わった様子はなかったと言っていたので、やはり原因は咲良だろう。

(嫌われちゃったかな。こういう時、どうすればいいんだろう……)

自業自得《じごうじとく》とはいえ、嫌われてしまうのは辛《つら》い。二人とも、母親に会いたがる時以外は、言うこともちゃんと聞くいい子達なのだ。期間限定とはいえ一緒に暮らしているのだから、できれば仲良くしたかった。

今日は、昨日の約束を果たすため、大型スーパーで買い物をして帰る予定にしている。好きなもので少しでも機嫌が直ってくれればいいけれど。そう思いながら、子供達の足に合わせてゆっくりと歩く。

「っと、電話……千歳、百花、ちょっとこっち」

大通りに続く並木道を歩いていたところで、ズボンのポケットに入れていたスマートフォンが振動し始め足を止める。歩道の脇に寄り、千歳と手を繋いだままスマートフォンを取り出そうとする。だが、手を繋いでいる側のポケットに入れておりそのままだと取り出せず、仕方なく千歳と手を離した。

「二人とも、動かないようにね」

言いながらスマートフォンの画面を見ると、雪子の名前が表示されていた。慌てて応答すると、幾分元気がないながらも、いつも通りの雪子の声が聞こえてくる。

『咲良ちゃん？』

「そう、大丈夫？」

『うん、もう一般病棟に移れたから。あの子達は元気？』

「元気だけど、寂しがってるよ。俺の料理が不評で、昨夜《ゆうべ》は泣かれちゃったし。ママのご飯じゃないと嫌だって」

『あー、千歳でしょ。ごめんね。少しの間だし、お総菜とかでも大丈夫だから。どうしてもの時は、ファミリーレストランでお子様ランチ食べさせてやって。一発で機嫌も直るから』

苦笑交じりの声に、わかったと頷く。元々、咲良が料理に不向きなことは雪子も承知しているため、想定していたのだろう。

「けど、やっぱり、電話できそうな時だけでいいから声聞かせてやってよ。見捨てられてないってわかるだけでも、だいぶ違うと思うから」

『そうね。中途半端に私が声聞かせちゃうと、会いたがって迷惑かけるかなって思ったけど、その方が落ち着きそうなら……。私も、あの子達の声聞きたいし』

「ごめん。大変な時に、こっちの心配させて」

手術が終わったとはいえ、まだ身体も辛いだろう。これでもう少し、自分が安心できる預け先であればよかったのだが。落ち込みながら告げると、雪子からはそんなことないよと軽い笑い声で返された。そして、申し訳なさそうに続ける。

『迷惑かけてるのはこっちだし、それに、どっちかというと咲良ちゃんが頑張りすぎて倒れないかの方が心配なの』

「雪子……」

『咲良ちゃんが子供に慣れてないことも、お料理苦手なことも知ってる。だから、すごく負担をかけてることもわかってる。でも、ごめんね。それでも、私が一番安心できる人に預けたかったの。……いつも通りの咲良ちゃんで大丈夫。無理しなくても、二人とも、時間が経ったらちゃんと咲良ちゃんが優しいってことわかるから』

「そう……かな」

華奢な掌に前に進むべく背中を押されてきた日々のことを思い出し、わずかに苦笑する。

『そう。だって咲良ちゃんは、私の自慢のお兄ちゃんだもん。いつも、泣くの我慢して背中に庇《かば》って守ってくれてたのも覚えてる。だから、もっと自信持って』

「雪子……ありがとう」

『どういたしまして。そういえば、今、外にいるの？　二人の迎え？』

「そう。……っ！」

『咲良ちゃん？』

突如、言葉に詰まった咲良に、電話の向こうから不思議そうな声がかけられる。思わず告げそうになった言葉を押し戻し、なんでもない、と掠《かす》れる声を絞り出した。

「そ……そろそろ、託児所に着くから一回切るよ。またメールする」

『あ、ごめんね。よろしくお願いします』

挨拶もそこそこに電話を切ると、慌てて周囲を見回す。

「千歳？　百花！」

気がつけば、さっきまで傍にいた二人の姿がどこにもなくなっている。雪子と話していたのはほんの数分だが、その間にどこかに行ってしまったのか。

二人が行ったただろう方向に足を進めながら周囲を見回す。咲良が立っていたのと反対側に行ったのなら、視界に入っただろう。そう思い、千歳達が立っていた方の道を小走りに進んでいく。

だが、どこかで曲がったのか、二人の姿は見えない。一通り辺りを見回し、子供の姿がないことを確認すると、足を止めた。抑えていた不安が一気に膨れ上がり、心臓が嫌な音を立てる。

（どうしよう、どうしよう……。俺が手を離してたから……っ）

まだ小さい子供達だ。そう遠くに行っているはずはない。すぐに探せば絶対に見つかる。そう言い聞かせながら足を踏み出すが、がくがくと震えてうまく進めない。

「……っ」

もしここで二人になにかあったら、雪子になんと言えばいいのか。自分を信じて任せてくれた妹に。

不意に聞こえてきた救急車のサイレンの音に、びくりと身体が震える。耳を澄ませると音は徐々に遠ざかっていき、大丈夫二人じゃないと言い聞かせながら足を進めた。膨れ上がった不安に押しつぶされそうになりながら、ぐっと震える奥歯を噛《か》みしめる。

「千歳、百花……」

掠れた声で呟きながら、まろびそうになる足を叱咤《しった》し早足で進む。見落とさないよう注意深く建物の中や脇道、道路の向かい側を見遣《みや》るが、幼い子供の姿は見当たらない。その瞬間、ふと嫌な予感が胸に過《よぎ》った。

(まさか、誰かに連れ去られたとか……)

「……――っ」

自身の考えにぞっとし、思わず足を止める。そんなはずはと思う一方、つい最近、そんなニュースをテレビで見たことを思い出し総毛立つ。

「千歳、百花……っ」

声を絞り出しながら、必死に辺りを見回す。走り出したい衝動を堪え、子供の足で行ける範囲を必死に頭の中で考えた。追いつけないほど遠くにはいないだろうが、奥の道でどこかを曲がっていたりしたら……そんな不安を抱えながら、真っ直《ます》ぐ道なりに進み、大通りへと出た。その瞬間。

「千歳！　百花！」

見覚えのある服を着た子供の姿がちらりと見え、咄嗟に走り出す。幹線道路を渡る横断歩道から少し離れた場所の歩道脇に、千歳と百花が手を繋いで立っている。傍《かたわ》らには長身の男性が片膝をついていたが、その姿も目に入らないほど、必死で二人のところに駆け寄った。

「よかった！　二人とも、無事でよかった！」

二人の前に辿り着くと同時に、勢いのまま膝をついて抱きしめる。よかった。深い安堵とともにもう一度そう呟いた時、腕の中にいた千歳と百花がくしゃりと顔を歪め、同時に泣き始めた。

「……っ、……ごめ……しゃい……、ごめ……っ」

「ふえ、ふぇぇぇぇ……っ」

大声で泣きながら縋り付いてくる二人分の体温に、気が緩み、涙が零れる。

「……っく、よか……ったぁ……」

涙に濡れた声で呟き、千歳と百花を強く抱きしめる。そのまましばらく二人の体温を感じていると、「えーっと」という声が耳に届いた。はっとして顔を上げると、気遣わしげにこちらを見ている男と視線が合う。

（あれ？）

不意に感じた既視感に、ついじっと年上だろう男を見つめてしまう。視線を近づけるように膝をついていても、随分と長身なのがわかる。夏用のスーツ姿だが、ネクタイを緩めてジャケットを脱いでいるため、比較的ラフな雰囲気になっている。

爽《さわ》やかな印象で、耳にかからないくらいのさっぱりとした黒髪に、涼やかな目元の、精悍《せいかん》な顔立ち。ともすれば威圧感を覚えそうな相手だが、こちらを心配そうに見ている表情は穏やかで優しい。

（なんか、懐かしいような……）

涙でぼやけた視界で男を見ていると、わずかに目を見開いた男がこちらを見つめ、やがて居心地の悪そうな苦笑を浮かべる。

「……あー、あのさ。君、この二人の保護者ってことで、大丈夫？　お父さん？」

躊躇《ためら》いがちにかけられた声に、我に返り、慌てて手の甲で頰《ほお》を拭う。そういえば、さっき二人を見つけた時、近くに誰かいたような気がした。そう思いつつ、こくりと頷き、慌てて首を横に振った。

「保護者ですが……父親ではなくて、伯父《おじ》です」

「そう。よかったな二人とも。泣くの我慢して、えらかったぞ」

優しい声でそう言った男が、咲良にしがみついて泣いている千歳と百花の頭を順番に撫でる。泣き声が収まり、しゃくりあげるくらいになってくると、ぽんぽんと軽く頭を叩《たた》いて手を離した。

「あの、あなたは……」

「ああ、俺は相澤《あいざわ》っていいます。ここ通りかかった時に、この子達が泣きそうな顔でうろうろしてて。近くに大人がいないようだったから、迷子《まいご》かと思って話を聞いてたんだ。ほっとくわけにもいかないし、様子見て誰も現れなかったら交番に連れていこうかって思ってたところ」

「そうなんですね……ありがとうございました。あ、俺は早瀬といいます……」

しゃがんで二人を抱いたまま、ぺこりと頭を下げる。すると、改めてしかつめらしい顔つきになった相澤が窘《たしな》めるような声を出した。

「早瀬君、事情は知らないけど、このくらいの歳《とし》の子達から目を離したら駄目だよ。車にはねられてたかもしれないし、誰かに連れ去られてたかもしれない」

「はい……すみません……」

至極もっともな注意に項垂《うなだ》れる。すると千歳が、咲良から手を離し腕の中でもぞもぞと身《み》動《じろ》いだ。抱いていた腕を緩めると、濡れた頬を自分の掌で拭い、相澤の方を向く。

「さくちゃん、いじめたら、め」

「千歳……？」

思いがけない擁護に、驚き目を見張る。全く懐いてくれないと思っていただけに、咲良を庇うようなことを言ってくれるとは思わず、再び目に涙が滲《にじ》む。咲良の正面にいた相澤も驚いた顔をしたが、すぐに「そうだな」と破顔した。

「お前達も、心配かけたら駄目だぞ」

こくりと頷いた千歳の髪をがしがしと撫でると、相澤が咲良の方へと視線を向けた。

「ところでさ。この子達、ママがいたって言ってたんだけど、お母さんも一緒だったの？」

「……っ、あ、いえ。この子達の母親は、今ちょっと事情があって遠くにいるので」

恐らく、背格好の似た人を母親だと思ったのだろう。そう言いながら立ち上がろうとした時、腕に抱いた百花が泣き疲れたのか咲良にしがみついたまま眠ってしまっていることに気づく。ずっしりと預けられた体重に苦笑し、抱いたまま立ち上がった。

「あー、寝ちゃったか。家、ここから近いの？」

「えっと、いえ……その辺で、タクシー拾って帰ります」

生憎《あいにく》、家の近くを通るバスはこの付近には停まらない。目的地だったスーパーからはバスで帰れたのだが、百花が寝てしまった以上、買い物をして帰るのは難しい。確か、家に買い置きのカレールーがあったはずだ。今日の夕飯は、カレーで我慢してもらおう。そう思いながら答えると、じゃあさ、と相澤が笑った。

「俺、そこの駐車場に車置いてるから、送ろうか」

「え……？」

見ず知らずの相手からの突然の申し出に、警戒心が湧き起こり、百花を抱いているのとは反対の手で千歳の手を引き、一歩後退《あとずさ》る。すると、引かれたのがわかったのか、気まずそうに苦笑した。

「ああ、ごめん。これじゃ怪しいやつだな。えーっと……はい。とりあえずこれ」

言いながら、名刺入れから名刺を取り出す。差し出されたそれを、千歳の手を離して受け取ると、視線を落とした。

「相澤酒店……相澤、直人……え？」

見覚えのある店名とフルネームに、驚いて目を見張る。名刺と相澤とを交互に見比べていると、相澤はそんな咲良の様子に気がつかないままスラックスのポケットを漁《あさ》り始めた。

「免許証も見せようか……えーっと……」

「直人……兄ちゃん？」

「へ？」

思わず呟くと、ぴたりと動きを止めた相澤――直人がまじまじとこちらを見た。

（ああ、そうか。だから懐かしかったんだ）

記憶にあるよりも年を重ね精悍さが増している。ぱっと見ただけではわからなかったが、名前を聞いて改めてよく見れば確かに直人だった。なにせ最後に会ったのは、両親が離婚した頃……つまり十年以上前のことだ。

「えーっと？」

だが、明らかにこちらに気づいていない直人に、はっとする。さすがに小学生の頃と今の自分では思い出せという方が無理だろう。というより、直人が自分のことを覚えているかも定かではない。どうしようかと俯き、駄目元でともう一度顔を上げた。名前を言っても思い出してもらえなければ、説明すればいい。

「相澤酒店って、ひびの商店街のお店ですよね？」

「うん、そうだけど。うちの店、知ってるの？」

「……俺、昔、あの近くに住んでたんです。その頃は、遠野っていう名字でしたけど」

「遠野って、え、もしかして、遠野さんちの咲良君⁉」

すぐに声を上げた直人に、覚えていてくれたのかとほっとしながら頷く。

相澤酒店は、昔、両親が離婚する前に住んでいた家の近くにあった商店街にある酒屋だ。得意先への配達もしており、咲良の家でも頼んでいたのだが、その時にいつもやってくるのが家の手伝いをしていた直人だった。

直人はよく、配達の合間や終わった後などに、咲良や雪子と遊んでくれた。当時から人見知りだった咲良も、優しい直人のことは大好きで、来てくれるのをいつもとても楽しみにしていたのだ。だから引っ越して会えなくなってしまった時には本当に悲しかったし、母親に見つからないよう隠れてこっそり泣いていた。

あまりの偶然に浮き足立ちながら、まじまじとこちらを見る直人にぎこちなく微笑んでみせる。

「じゃあ、この子達……甥っ子と姪っ子ってことは、えーっと、雪子ちゃんの？」

腕に抱いた百花と咲良の足元にいる千歳に視線をやりながらの直人の問いに、こくりと頷く。

「はい。今、ちょっと預かってて」

「うわー、そうなんだ。っていうか、大きくなったなあ。咲良君達が引っ越してから、もう……十二年くらいか！　そりゃ、成長するよなあ」

うんうん、と納得したように頷いた直人が、じゃあさと笑った。

「その子寝ちゃってるし、ひとまず家まで送ろうか。今度は、怪しいやつじゃないだろ？」

おどけた最後の一言に小さく笑い、咲良は「はい」と頷いた。

「そっか。じゃあ、雪子ちゃんは入院中なのか。手術は？」

直人の心配そうな声が、静かな家の中に響く。双子は泣き疲れたせいか、帰り着いた時には揃って夢の中だった。今は、寝室の布団の中でぐっすりと眠っている。

あれから車で家まで送ってもらった咲良は、お礼にお茶をと直人を家に誘った。そしてコーヒーを入れ、リビングのソファに向かい合って座ると、問われるままに双子を預かることになった経緯を話し始めたのだ。

「大丈夫です。手術も無事に終わって……一般病棟に移ったと連絡がありましたから」

「ならよかった」

ほっとしたように笑みを浮かべた直人に、咲良は改めて背筋を伸ばすと、頭を下げた。

「さっきは、本当にありがとうございました。二人になにかあったら……どうしていいかわかりませんでした。妹にも、合わせる顔がなかったです」

「礼はもう言ってもらったからいいよ。うちにもあのくらいのチビがいるから、放っとけなかっただけだし」

さらりと告げられたそれに、どうしてか胸の奥がもやもやとする。

（やっぱり、結婚してるのかな）

最後に会った頃、確か直人は大学生だった。今は三十三歳だというし、結婚していてもなんら不思議はない。

それに、よく考えれば双子はチャイルドシートがなければ車に乗れなかったのだが、なぜか都合よくチャイルドシートが二つあり、乗せてもらうことができたのだ。あれは、直人の子供達のものだろう。

そこまで考え、そもそも結婚しているからといって自分にはなんの関係もないのだという当たり前のことに思い至り、微妙な感情を振り払った。

「そういえば、病院の付き添いとかは雪子ちゃんのご家族が？」

「いえ。妹は父や義母と折り合いが悪くて……母方――俺達の母親の方の祖母に付き添いを頼んだそうです。ただ、祖母も一人暮らしな上に歳ですから、双子を預けるのまでは難しくて。だから俺のところに来たんだと思います」

雪子が、どうして周囲に子供を産んだことを話していないのかはわからない。多分、話していれば、自分よりもっとちゃんと子供達の面倒を見てあげられるところに預けられるはずなのだ。けれど、雪子は預ける相手に自分を選んだ。

一番安心できる人にと言ってはいたが、子供を育てたこともなければ子供の相手が得意なわけでもないのだから、どう考えても不適格な人選だとしか思えない。

けれど、それらを聞くのは無事に退院して二人を迎えにきた時でいいと思っている。今の自分が雪子にしてやれるのは、あの子達を責任もって預かることだけだ。

見ると、話を聞いていた直人が目を細めて微笑んでいた。その優しい表情に、思わずどきりとする。

「優しいな、咲良君は。大人しいけど、雪子ちゃんを大事にしてるところとか、昔から変わらないなあ」

「え……あ、いえ……」

真っ向から褒められ、照れくささから慌てて俯く。すると、直人が持っていたコーヒーカップを置き、ふむとなにかを考えるように腕を組んだ。

「ところで、あの子達の面倒って、実際のところ一人でどうしてるのかな。仕事とかは？」

「朝九時から四時までは託児所に預かってもらってます。その辺りは、妹が入院前に病院に相談したり調べたりして探して、あらかじめ手続きもしてくれていました。仕事は、元々自宅仕事なので……夜、二人が眠ってる時とかに」

ちゃんと面倒を見ているとは言いがたいが、ひとまず一週間は乗り切った。一番の問題が食事だが、こればかりは自分にできる範囲で我慢してもらうしかない。

「それでも、一人だと大変だろう。ヘルパーさんとかシッターさんに頼むとかけ？」

「それも妹と話したんですが、俺もずっと家にいますし……知らない人が来るのがどうしても苦手で。登録だけはしているそうなので、万が一の時はお願いしようと思っています」

「あー、まあ、いきなりいつもと違う状況になった上に知らない人の出入りまで増えたら、逆にストレスになる場合もあるだろうしね」

「……はい」

すぐに納得されたのは、幼い頃、咲良が人見知りで知らない人を見ると直人の陰に隠れていたことを覚えているからだろう。

もっと自分がしっかりしていたら、子供達に不自由な思いをさせないですんだのだが。やはり、ここはヘルパーを頼んだ方がいいのだろうか。そう思いつつも、そうすることでさらに原稿に手がつかなくなってしまう自分が想像できるだけに、決断が難しかった。

（頭が痛い……）

先ほどまでのごたごたで忘れていたが、ここ最近、寝不足が原因だろう、慢性的な頭痛が続いていた。落ち着いたせいかそのことを思い出し、ふっと俯いたまま息を吐く。

すると、しばらく黙ってこちらを見ていた直人が「あのさ」と声をかけてきた。

「もし、咲良君が嫌じゃなかったらなんだけど……少し、手伝おうか」

「え？」

「こうして会えたのもなにかの縁ってことで。俺は、実家の店で仕事してるから比較的融通が利くし。夕方は無理だけど、朝、店に行く前にここに寄ってご飯食べさせたり送っていったりはできるし、夜も八時くらいになったら面倒見に来られるよ」

「え……いえ、それは……」

さすがに、幼い頃に知っていた人だからといって、おいそれとそんなことを頼むわけにもいかない。慌ててかぶりを振ると、直人がさらに続けた。

「仕事の都合もあるから、必ず毎日ってわけにはいかないけど、一人でなにもかもやるよりは気が楽になると思うよ？　こう見えても、子供の面倒見るのは慣れてるし」

「でも……。相澤さんも、ご自分の家が……」

「ん？　俺は家出て一人暮らししてるから、時間はどうとでもなるよ。あー、でも、咲良君にとっては逆に負担になるかな……ちっちゃい頃知ってるって言っても、これだけ会ってないと、知らない人間も同然だろうし」

「いえ！　あの……そういうわけじゃ……え、結婚されてるんじゃないんですか？」

一人暮らし、というその言葉に思わず問い返すと、逆に「え？」と聞き返された。

「俺？　してないよ？　今のところ恋人もいないから、仕事以外じゃ暇持て余してるし」

結婚してるようなこと言ったっけ、と首を傾《かし》げられ、小さく頷く。

「うちにも同じくらいの子がいるって……後、チャイルドシートもありましたから、お子さんがいるのかと」

「あー！　そうかそうか。うちにいるチビってのは、実家だよ。姉が実家にいて、その子供があの子達と歳近いんだ。チャイルドシートも、あの車、休日は家で使うこともあるから入れてるだけ」

思い当たったように笑う直人は、さらに続けた。

「うち、元々大所帯なんだ。六人兄弟で、特に下の二人は俺が面倒見てたから、自慢じゃないけど子供の世話はうまいよ」

どうかな、と再び問われ返事に躊躇う。どうするか、と言われれば、頼みたい方に心が傾く。この一週間で大変さは身に染みている。残り三週間、一人で乗り越えられるかと言われれば不安があった。それに直人であれば、ずっと会っていなかったとはいえ他の人より安心できる。

それでも、そこまで甘えてしまっていいものか迷うのも事実で。それに、子供の頃のことを知られているとはいえ、大好きだった相手に自分のなにもできないみっともない姿を見せるのも情けなかった。

(けど……)

今日のようなことが、またあるかもしれない。そう思った時、二人を見つけた際に自分にしがみついてきた温かく小さな手の感触を思い出した。しかも、懐かれていない――むしろ嫌われていると思っていたのに、千歳は咲良のことを庇ってさえくれたのだ。

母親に会わせてやれないのは、雪子に病気のことを隠しておいて欲しいと言われている以上、どうにもならない。だが、せめて普段の生活くらいはのびのびと過ごさせてやりたい。その思いが勝り、膝の上で拳《こぶし》を握りしめ心を決めた。背に腹は代えられない。

俯けていた顔を上げ、真っ直ぐに直人を見つめる。

「あの、お願いしてもいいでしょうか。もちろんお礼はします。相場はわかりませんけど、お金も、ちゃんと」

「いいよ、そんなの。お金が絡むと面倒だし」

自分が好きでやることだからと言われ、さすがにそれを素直に受けるわけにはいかない。けれど、こういう時どうすればいいのかもわからず押し黙った咲良に、直人が「じゃあさ」と声をかけてきた。

「朝飯とか夕飯、時間が合った時に、一緒に食べさせてもらうっていうのはどうかな」

「え？」

「一人でご飯食べるの味気ないし。食費は出すから……」

「いえ！　食費なんかいりません。でも、あの」

「ん？」

慌てて遮ったものの、続きを言うのが情けなくて口ごもっていると、直人が不思議そうな顔でこちらを見つめてくる。だが、黙っていても仕方がないと覚悟を決めて口を開いた。

「料理、苦手で。ちゃんとしたものは出せないので」

俯きながら、現時点で一番の悩みを白状すると、なんだ、という明るい声が返ってくる。

顔を上げると、笑みを浮かべた直人が自分を指差していた。

「そんなことなら、心配しなくても俺が作ってあげるよ。なんなら、作り方も教えてあげるし」

「……っ」

「どう？」

にこりと微笑んでくる直人に、それ以上抗《あらが》うことができず、咲良は深々と頭を下げた。

「よろしく……お願いします」


爽やかな朝の日差しに照らされたリビングに、明るい笑い声が響く。

キッチンで、鍋に入った野菜スープをカップに注ぎながら、咲良はカウンター越しに声の方へと視線を向けた。

パジャマから洋服に着替えるのを、リビングで千歳と百花を横に並べ、直人が手伝ってくれている。千歳達の前には、昨日の夜のうちに準備しておいたそれぞれの洋服一式が畳まれて置いてあった。

パジャマの下を脱いで、靴下とズボンを穿《は》いた千歳に、直人が声をかける。千歳は基本的に負けず嫌いで人に手を出されるのを嫌がるため、切羽詰まるまでは自分でやらせている。一方、百花はおっとりしており時間がかかるため、直人が手伝ってやっていた。

「ほーら、千歳。次はどれだ？　早くしないと、朝ご飯呼ばれるぞ。よし、百花ちゃんはこれ着ような」

「つぎはこれ！」

得意げに目の前にあった半袖《はんそで》Tシャツを摑《つか》み掲げてみせた千歳が、もぞもぞとパジャマを脱ぎ始める。一度Tシャツを置いてから脱げばいいものを、小さな手でTシャツを持ったままパジャマのボタンを外そうとするため、非常にやりづらそうにしている。だが直人は、それを指摘するでもなく、千歳がするに任せていた。

「よし、正解。ん、百花ちゃんも自分でできるか？」

「……」

夏用のワンピースを着た百花が、自分でボタンを留め始めたのに声をかけると、百花もこくりと頷く。二人が服を着ている様子を見ていた直人が、ふとこちらを向いた。視線が合い、にこりと笑いながらひらひらと手を振られる。

「……あ」

じっと見ていたことを知られ、恥ずかしさから慌てて視線を逸らす。全員分の野菜スープを注ぎ終わると、カップをトレイに乗せてダイニングテーブルへと運ぶ。

テーブルの上にそれらを並べ、最後にグラスに注いだオレンジジュースと、大人達にはコーヒーを置いて朝食の準備は完了だ。メニューは、バターで焼いたトーストの他、オムレツとボイルしたソーセージ、付け合わせに昨日の夕飯の残りのポテトサラダ、ミニトマト。そして、野菜スープだ。デザートにメロンもつけている。

直人と再会した日から、さらに四日が経った。あの日から、約束通り直人は朝と夜に手伝いにきてくれている。

再会した日が金曜日だったため、翌日の土曜日、双子に慣れてもらうためという名目で直人は朝から家を訪れてくれた。実家の店で働いている直人は、土曜と水曜が休みらしい。子供の相手は慣れていると言っていたのは本当で、一度会っているとはいえ直人に腰《こし》が引けていた二人も、一時間後にはすっかり懐いていた。

『よーし、じゃあ遊びにいくか』

しばらく家の中で二人の相手をしていた直人は、昼食を食べた後、近所にある公園へ連れていってくれた。咲良もついていこうとしたのだが、土曜日は近所の工事も休みで一日静かなこともあり、直人が気を利かせて休むように勧めてくれたため甘えさせてもらった。といっても実際に休んでいたわけではなく、原稿を進めていたのだが。

「ご飯、できました」

頃合いを見計らって声をかけると「あー！」という千歳の悔しそうな声が響く。

「ざんねーん、千歳。タイムアップだ。ほら、貸せ」

「いーやー！　なおのばかーっ」

「ふふん、残念だったな。くやしかったら、また明日チャレンジだ」

駄々をこねる千歳を軽くあしらいながら、直人がさくさくと洋服を着せていく。咲良とは違い力もあるため、多少暴れてもものともしない。千歳もここ数日でそれがわかっているらしく、直人に対しては咲良に対するよりも遠慮がなかった。

その間に、百花が一人でダイニングテーブルへとやってきた。三人の様子を見ていた咲良は、傍にきた百花の前に膝をつく。

「百花、準備できた？」

「……――」

俯いて頷いた百花の頭を撫でながら、にこりと微笑んでやる。ふわふわとした髪は、直人の手によって頭の両脇で可愛《かわい》く結ばれている。また、以前のように逃げることもなく、百花は咲良の手に大人しく撫でられていた。

「髪の毛、やってもらえてよかったね。可愛いよ」

「……ふふ」

百花が、恥ずかしそうに口元に小さな掌を当ててはにかむ。手を伸ばしてきた百花を抱き上げ、ダイニングテーブルの椅子に座らせる。

二人がいなくなったあの日から、双子との距離も徐々に縮んできていた。直人が二人の相手をしているのを間近で見て参考にしているうちに、子供に対する苦手意識が薄れてきたのがよかったのかもしれない。褒める時は褒めて、駄目な時は駄目だときちんと言う。それをしているうちに、千歳も百花も咲良に対して心を開いてきてくれたような気がするのだ。それに従い、咲良からもぎこちなさがとれ、自然に笑いかけられるようになっていた。

「さて、朝ご飯食べよう。今日も美味しそうだな。いただきます」

「いたーきます！」

「……いただきます」

テーブルについた三人が、揃って手を合わせる。咲良も続いて手を合わせると、フォークを手に取った。

「うん、美味《うま》い」

「さくちゃん、おいしー」

「……しい」

順番に続いた言葉に、よかったと微笑む。皿の上のオムレツを一口食べ、ふっくらと柔らかく焼き上がっていることにほっとする。千歳と百花は、母親を真似《まね》て咲良のことを呼ぶことにしたようだが、さくらとは言いにくいらしく『さくちゃん』で定着していた。

「咲良君、ちょっとコツを教えただけなのにうまくなったね」

「ありがとうござ……ありがとう。でも、何回も失敗したよ。すぐ焼きすぎちゃうし」

美味しそうにオムレツを食べる直人に、つっかえながら返事をする。

再会した時から年上に対しての当然の礼儀として丁寧に話していたのだが、直人から駄目出しされてしまったのだ。

『咲良君に丁寧に話されるとむずむずするから、普通に話してよ。呼び方も名前でいいよ。昔は「直人兄ちゃん」って呼んでくれてたよな』

それでもいいけど、と期待に満ちた瞳でそう言われ、だがさすがにこの歳になってその呼び方は躊躇われ『直人さん』で譲歩してもらった。その代わり、敬語禁止というよくわからない交換条件をつけられたのだ。

「それに、まだちゃんと作れるの、教えてもらったこれだけだよ」

謙遜《けんそん》でなく、咲良が今のところまともに作れるのはオムレツだけだ。ソーセージは茹《ゆ》でただけだし、ポテトサラダは昨日の夕食に直人が作った残りもの。野菜スープも、スープ自体を直人が冷凍して作り置いてくれており、咲良は野菜を入れて温めただけなので、調理したとはいえない。

『簡単なものから、作り方も教えようか』

土曜日の夕食時、早速夕飯を作ってくれた直人がそう言い、時間がある時に教えてもらっている。ちなみに、その時に作ってくれたのはここ数日のリベンジでハンバーグと南瓜の煮付けだった。もちろん、どちらもとても美味しくて、千歳と百花は大はしゃぎだった。

「千歳。人参《にんじん》、ちゃんと食べないと駄目だよ」

「や。にんじん、きらーい」

野菜スープの人参も、小さめに切ったポテトサラダの人参すら避《よ》けている千歳に、眉を顰めて注意する。だが全く食べる気がない千歳は、隣に座る百花の皿に人参を移していった。

「千歳ぇ、好き嫌いしてたら大きくなれないぞ」

百花の正面に座った直人が、されるがままの百花の皿の上から人参を取り出して自分の皿に移していく。増えていった野菜に眉を下げていた百花は、ほっとしたような顔で直人を見ている。

直人からの注意に、だが千歳は言うことを聞く様子もなくソーセージを頬張る。

「ちとせ、ぱぱににてるから、にんじんたべなくてもおおきくなるもん」

「パパに似てる？　ママがそう言ってたのか？」

直人の言葉に、口が塞《ふさ》がっているためか、こくりと頷く。どうやら、雪子からそう言われたことがあるらしい。二人には、父親は、すごく遠くにいて会えないと伝えているようだ。

直人が来るようになって、二人は見違えるように落ち着き、雪子のことを話しても泣くことはなくなってきた。

もちろん、一番の原因は母親と話せたことにあるだろう。先日、雪子にもう一度連絡をとり、短い時間だが二人と話をさせたのだ。母親を恋しがっていたものの、週に一回連絡をするという約束をしてから目に見えて落ち着いた。

「甘いな、千歳。人間、大事なのは育つ過程だ。お前の父さんが人参食べてでっかくなってたとしたら、お前はでかくならないかもしれないぞ」

「……な、なるもん」

直人の言葉に、自信が揺らいだらしい千歳が、ぱくぱくとパンを頬張りながら答える。

「いーや、残念だが、ならない可能性の方が高いな。むしろ、嫌いなものもちゃんと食べてる百花ちゃんの方が将来有望だ。なあ？」

黙々と野菜スープを飲んでいる百花の方を見ながら言うと、百花が「ゆーぼー？」と小さく首を傾げる。

「百花ちゃんは、いい子に育つってことだ」

説明されたその言葉に、百花が嬉しそうに笑う。

賑《にぎ》やかな食事風景をじっと見つめ、咲良はゆっくりとパンを咀嚼《そしゃく》する。双子と三人だけの時は、食べさせることに精一杯だったため、食事中はいつも静かだった。けれど直人が一緒に食卓につくようになってからは、いつもこんなふうに会話が絶えない。

（なんか不思議な感じ）

両親ともに仕事人間で、幼い頃からずっと一人——離婚前は雪子と二人だけで——食事をしていたため、とりとめなく話しながら食べるということ自体が新鮮だった。そんなことを考えながらぼんやりと三人の様子を見ていると、不意に直人と視線が合う。

「ん？　どうした、咲良君」

「ううん、なんでも……あ！　二人とも、そろそろ時間になるよ」

気がつけば、時計の針は八時を回っていた。千歳が慌てて残りを口の中に押し込み、百花も食べ終わったところで、直人が立ち上がった。

「ごちそうさま。さて、行くか。二人とも荷物持ってこい」

「はーい。ごちそーさまでした！」

元気のいい返事とともに、千歳と百花が椅子から降りる。そのまま、ぱたぱたと自分達が使っている部屋に、託児所に持っていく荷物を取りに向かった。

「仕事の方はどう？　進んでる？」

二人がいなくなったところで流しに行き皿を片付けていると、直人がテーブルの上に残った皿を運んできてくれる。

「うん、だいぶ。直人さんのおかげで、少し時間に余裕ができたし」

「そう、よかった。次の本、楽しみにしてるよ」

「あはは……――ありがとう」

にこやかに言われ、恥ずかしさに思わず俯く。

先日、話の流れで仕事のことを聞かれ小説を書いていることを話したのだが、その際、直人が幾つか自分の本を読んでいることがわかったのだ。どうやら、直人の妹がデビュー作から本を揃えてくれているらしい。

「ていうか、ごめんな。図々《ずうずう》しくサインまでお願いして。でも、妹が大喜びだった」

隣に立ったまま苦笑した直人に、ううん、と首を横に振って洗った皿を籠に入れていく。

「サインくらい幾らでも。お世話になってばっかりだし」

「俺はたいしたことしてないよ……うーん、それにしても」

不意に目元に手が添えられ、どきりとする。洗っている皿を取り落としそうになり、慌てて手に力を込めた。

長い指で促されるように横を向かされると、正面からこちらを覗《のぞ》き込んできた直人が眉を顰めた。

「目の隈は相変わらずかな。徹夜作業もほどほどにしないと」

「締め切り前は大体こんなものだから大丈夫だよ。昼間に寝てるし」

「咲良君じゃないとできない仕事だし、やらなきゃならない時があるってのはわかるから、無理するなとは言えないけど……身体が資本だから。それだけは忘れないように」

言い聞かせるような言葉に、うん、と頷く。

「えと、ありがとう」

正面から目を合わせるのが気恥ずかしく、けれど心配してもらえるのが嬉しくて、視線を落としてはにかむ。と、目元に触れていた指先がぴくりと震えた。違和感を覚えて直人の方を見ると、すでに直人はこちらを見ておらず、すっと指が離れていった。

ほんの少し感じた不自然さに、なにかおかしなことをしてしまっただろうかと不安が過る。

だが、次の瞬間、ぽんぽんと小さな頃のように頭を軽く撫でるように叩かれ、懐かしい感触にそれも霧散した。

「……なにかして欲しいことがあったら言って。いつでもいいから」

「うん」

さっきのは気のせいだろう。かけられた優しい声に微笑み頷くと、リビングへ戻ってくるぱたぱたという足音が耳に届いた。

「なお、じゅんびできたよ」

千歳の声に、直人がリビングの方へと足を向ける。最初は『直人お兄ちゃん』と呼ぶよう双子に言い聞かせてみたのだが、どうにも言いにくかったらしく、呼び捨てで定着してしまっていた。その上、直人本人がそれでいいと鷹揚《おうよう》に笑いながらオッケーを出してしまったため、改める機会もなくなってしまい今に至る。ちなみに、百花の方はどうにか頑張って『なおちゃん』になっている。

「よし、じゃあ行くか」

双子を連れ玄関に向かった直人を追いかけるように、やりかけの洗い物を置いて咲良も玄関に向かう。三人とも靴を履いたところで、千歳と百花が咲良の方を振り返って手を振った。

「さくちゃ、いってきまーす」

「いってきます」

「千歳、百花、いってらっしゃい。直人さん、二人のことよろしくお願いします。……後、いってらっしゃい。お仕事頑張ってね」

千歳と百花に手を振り、二人と手を繋いでいる直人に頭を下げる。そして託児所に送っていった後で仕事に向かう直人にも、見送りの挨拶をした。

最初の日、どうしようかと迷ったのだが、自分だったら朝送り出される時に二人のことを頼まれるだけだと、なんとなく寂しいような気がすると思ってつけ加えてみたのだ。

「ありがとう。いってきます」

その時に、一瞬だけ驚いたような顔をしたけれど、すぐに今のようなひどく嬉しそうな笑顔で返してくれたため、それから毎日言っている。

三人を送り出して玄関を閉めると、小さく息をつく。そのままリビングに戻ると、さっきまでの賑やかさが嘘《うそ》のような静寂に、ほっとすると同時に寂しさを感じた。この状況を物足りないと思えるようになったのも、直人が来てくれるようになってからだ。三人だけの頃は、やっと静かになったという安堵しか感じなかった。

(変われば変わるものだなあ……)

ぼんやりと考えながら後片付けを済ませると、ソファに腰を下ろす。今日も朝まで原稿をやっていたため、洗い物を終わらせて掃除と洗濯をしたら、二人を迎えに行くまでは休憩時間だ。送迎にかかる三十分ほどが空いただけでも気分的に随分違った。

「直人兄ちゃん、か……」

ソファの背もたれに頭を預けながら、ぽつりと呟く。昔のことを思い出すと、慰めてもらっている場面ばかりが浮かんでくる。どうしてか、直人は咲良が泣いているところによく出くわす人だったのだ。

「直人さんは変わらないなあ」

記憶の中の直人の姿に、くすくすと笑う。あの時から、大きな掌の温かな感触も、優しい声も、なに一つ変わらない。全てを預けても揺らがず、軽々と抱き上げてくれたあの心地よさ。当時の咲良にとって、直人は両親よりも頼りになる大人だった。

変わらない。けれど、変わったものもある。

その最たるものが、成長とともに自覚した問題——自分の恋愛対象が同性であることだ。

そして今の自分が、直人に対し、昔憧れていた『お兄ちゃん』に対するものよりさらに踏み込んだ好意を持っていることに、再会してからのここ数日で気がついてしまった。

優しくて朗らかで、恰好《かっこう》いい。そしてなにより頼りがいがある。一緒にいるとどきどきして落ち着かないけれど、安心できる。そんな人が傍にいたら、好きにならないわけがない。

だが、自分の性的指向がばれてしまえば、きっと昔の知り合いという立ち位置ですら会うことが敵《かな》わなくなる。それなら、なにもせずただ眺めているだけで十分だった。

このままでいれば、雪子が退院してからも、時々顔を合わせられるかもしれない。けれどそれ以上を望めば、絶対にしっぺ返しがくる。

直人に対する好意は、絶対に隠し通さねば。心の中でそう言い聞かせ、咲良は先ほど触れられた感触を思い出しながら、そっと目元を手の甲で覆った。


商店街の中央辺りにある昔ながらの酒屋『相澤酒店』。その裏手にある駐車場に車を停めた直人は、そのまま表に回り店の入口から中に入っていった。

曾祖父《そうそふ》の代からこの土地で酒屋をやっているこの店は、商店街の中でも古株の部類だ。最近では、ショッピングモールや大型スーパーの進出、ネット通販などの余波もあり、経営が立ち行かなくなって店を畳むところも増えてきた。それでも中には直人の店のように若い世代の人間が後を継ぎ、新しい試みを行いつつ、経営を建て直しているところも少なくなかった。

「いらっしゃ……ああ、なんだ兄貴か」

明るい声で迎えられ、だがすぐにそれはぞんざいなものに変わる。声をかけてきたのは店番を任されたのだろう、大学生の弟、志信《しのぶ》だ。

「なんだとはなんだよ。あ、田中《たなか》の奥さんいらっしゃい。また旦那《だんな》さんの晩酌用?」

「そうなの。最近、めっきり弱くなってるし、本当は減らして欲しいんだけどねえ」

近所に住む常連の女性客に声をかけると、困ったように溜息をつく。飲むものが決まっているためいつも同じものを買っていくのだが、どうやら少し弱めのものに変えたいらしい。

「そりゃあ、そろそろ健康に気を遣った方がいいだろうしね……ああ、そうだ。ちょっと待ってて」

ふと思いつき、店に並べた日本酒の瓶の中から一本選び手に取る。いつも買っているのは度数が高めの辛口のものだが、それとは別の、味が似たものを差し出した。先日から取り扱いを始めたもので、以前から直人がこまめに足を運んでいた地方の酒蔵からようやく卸してもらえるようになった新しい銘柄だ。香りと上品な味が気に入り、ずっと仕入れたいと思っていたのだが、生産量が少ないためずっと断られていた。だが酒蔵の跡取りと親しくなり、一度店を訪れて取り扱っている品物を見た後、彼が話を進めてくれたのだ。

「これ、この間から仕入れ始めたんだけど、よかったらちょっと試してみない？　度数は低めに作ってるけど、そのわりに辛さがあって美味いのよ。さすがにいつものよりは甘めだから物足りないかもしれないけど、俺がお勧めしてたから試しに飲んでみてよって」

「そうなの？　じゃあこれもらっていくわ。直人ちゃんのお勧めなら間違いないし」

「気に入らないって怒ったら、いつものと交換するから持ってきて」

「大丈夫よ、ありがとう」

そう言って勧めた品を買っていくところを見届け、店の奥に向かう。

を置く。

「はい、おそよう。双子ちゃんは元気に託児所に行った？」

事務所になっている部屋の扉を開くと、中では、直人より一つ年上の姉——友梨香《ゆりか》が、ノートパソコンを前に仕事をしていた。他に人の姿はなく、直人は友梨香の斜向《はすむ》かいの机に鞄を置く。

「おはよーございまーす」

「おう。二人とも泣かないごねないで、うちのチビ達とは雲泥の差だ。今日は姉貴だけか？宮武《みやたけ》と佐藤《さとう》は？」

他の社員二人の名前を告げると、友梨香が画面から顔を上げないまま答えた。

「宮武君は、今日から北海道。新しい酒蔵に営業に行ってる。佐藤ちゃんは沖縄。もうちょっとで向こうの菓子メーカーと話がつけられそうだから、しばらく粘ってくるって」

「ああ、そういや言ってたな」

相澤酒店は昔から親族経営で、父親が急逝し直人が社長になった三年前は、母親と姉、そして古くからの事務員が一人だけ、店員は家族の誰かが入れ替わり立ち替わりといった状態でやっていた。

ただ、直人が店を継いでから幾つか新しいことに手を広げ客も増えたため、今では他に数人雇い始めた。

最初に雇ったのは、会社勤めをしていた頃に知り合った人間——宮武という男だ。別会社から引き抜き、新事業部門の責任者になってもらった。もちろん最終的な判断は直人が行うが、それ以外はほとんど任せていた。

その新事業が、地方の小さな酒蔵で造られている日本酒の買い付けと販売、宣伝だ。スーパーやチェーン店では置けないような製造数の少ないレアなものをメインに、様々な銘柄のものを揃え始めた。もちろん、実際に酒蔵に足を運んで飲んでみて、宮武や直人がこれはと思ったものばかりである。

そして昔からの常連はもちろん、若い世代に好まれる洒落《しゃれ》たものや、珍しい銘柄を取り揃えたことで、近所だけでなく遠方から噂を聞いて足を運んでくる人も増えた。

その他にも、近所の洋菓子、和菓子店、その他伝手《つて》のある菓子メーカーと提携してのケーキなどの商品開発にも手をつけている。

やり始めたこと自体はどれもさほど目新しいものではないが、ネット販売も行うようになって顧客も増え、ようやく軌道に乗ってきていた。

元々宮武は、直人が以前勤めていた大手酒造メーカーに出入りしていたバイヤーだった。幾度か仕事で関わりを持つうちに意気投合し、プライベートでも親しくなっていたが、三年前、直人の父親が急逝し店を継ぐことを決めた時点で連絡をとったのだ。

自分が継いでも、今と同じやり方では早晩立ち行かなくなる。継ぐからには、少なくとも自分がいる間は続けられる——さらに、万が一弟妹の誰かがやりたいと言った時に残せるような店にしなければ意味がない。そのためには、外部からの協力者が必要だった。

絶対に断られるだろうと思っていた誘いを、だが意外にも宮武は条件をつけることで承諾した。宮武の実家も、元は地方で酒屋をやっていたらしい。ただ、直人の家とは違い、父親の代で店を畳んでしまったそうだ。面白そうだから、という理由で受けてくれた宮武のつけた条件は一つ、直人が店を継いでから半年間で提示したラインまで売上をあげられればというものだった。

結果は、現状の通り、直人はきっちり半年で目標を達成した。その後、店の改装や商品やサービスの見直しなども行い、昔からの顧客を離さないように注意を払いつつも着々と店を変えていったのだ。

「それにしても、珍しいわね。あんたがそこまで肩入れするなんて。自分から進んで人様の子供の面倒見たいっていうほど、子供の世話が好きだとは思わなかったわ」

席に着き、パソコンを立ち上げると、キーボードを打ちながら友梨香が声をかけてくる。家族には咲良のことを話し、しばらくの間面倒を見ると伝えてある。元々、六人兄弟という大家族のため、子供の世話に関することには寛容だ。それに咲良のことは直人の祖父や母親も覚えており、家庭の事情を知っているだけに同情的で、困っているなら手伝ってやれと言われていた。

「チビ達の世話は、好き嫌い以前の問題だったしなあ。けどまあ、今回は特別だよ。さすがに俺だって……」

どうでもいい相手に、そこまではしない。そう言おうとして、自分の言葉に戸惑いを覚え思わず口を噤《つぐ》む。

「なによ」

「いーえ、なんでもありません。お姉さま」

そう言ったまま会話を打ち切ると、メールソフトを立ち上げる。受信したメールを順次確認しながら、ふと、数日前に再会した時の咲良の顔を思い出した。

怖かったのだろう。幼い双子を見つけ安堵した途端泣き出した時の、あの顔。今思えば、幼い頃の泣き顔そのままだった。声も上げず、いつも一人でひっそりと泣いていた小さな子供は、大きくなってもやはり泣き方は静かだった。

不安そうで、頼りなげで。少しでも強く握れば壊れてしまうのではないかというほどの繊細さ。幼い頃は可愛いばかりだった印象は、成長して複雑なものを内包し、一種の危うさのような風情すら感じさせた。

（ガキの頃は、本当よく泣いてたからなあ。再会した時も泣いてたとなれば、放っておく方が寝覚めが悪いしな）

咲良の泣き顔を思い出した時、ほんの少し揺れた自身の感情をごまかすようにそう言い聞かせる。自分の中でも明確になっていないそれは、今はまだ、あまり深く考えない方がいい気がしていた。

（ああ、そういえば）

今朝、朝食を食べていた時、咲良がどこかぼんやりと直人や千歳達を見ていたことを思い出す。最初に直人があの家で食事をした際も同じような表情をしていたが、その時聞いた限りでは、どうやら賑やかな食卓というのが珍しかったらしい。双子が来てから人数だけは増えただろうが、面倒を見る必要があったためそれどころではなかったのだろう。

咲良の家は小学生の頃に両親が離婚しているが、離婚前から、咲良や妹の雪子は放置されていることが多かったらしい。両親ともに仕事でほとんど家におらず、家のことは昼間だけハウスキーパーを頼んでやってもらっていたそうだ。

そのため食事は妹と二人でとることが多く、また離婚後も、母親の仕事が忙しい時期が重なり一人でとることがほとんどだったらしい。母親が再婚した頃には、咲良も高校を卒業し家を出る歳になっていたため、義父と二人で食卓を囲んだことは数えるほどしかなかったそうだ。

ふとあることを思いつき、ざっとメールチェックを終えた後、今日向かう営業先のリストを手に席を立つと、書類をプリントアウトしている友梨香に声をかける。

「なあ、姉貴。今度、俺が休みの日、夕飯に客連れてくるけどいいよな」

振り返った友梨香は、背中にかかるゆるく巻いた髪を揺らし、不思議そうに首を傾げた。

「そりゃあ、料理担当の母さんと香奈子《かなこ》がいいって言ったら問題ないだろうけど、咲良君達のこと？」

「そ。香奈子は大歓迎だろ。憧れの作家先生だからな。うちに連れてくれれば、双子もうちのチビ達と遊べるし、少しは息抜きできるだろ」

「ああ、まあねえ。慣れない男の子が一人で子供の世話してるんだったら、たまには息抜きも必要でしょうね。いいわよ。うちの子達とまとめて面倒見たげるから連れてらっしゃい」

「さんきゅー。さて、外回りしてくるわ。今日は直帰するんでよろしく」

「はい、いってらっしゃい」

手を振りながら事務所を後にし、夜になったら咲良に話そうと鼻歌交じりで店の外に向かう。元来、世話好きな家族なのだ。恐らく――特に、可愛いものに目がない姉や母親は、咲良と双子に会えば一目で気に入るだろう。

（うちの家族に会わせておけば、なにかあった時に頼めるしな。さて、あの子にはなんて言おうか）

単純に誘っても、遠慮してすぐにうんとは言わないだろう。なにかいい理由はないかと思案を巡らせながら駐車場へ向かう直人の口元には、ひどく楽しげな笑みが刻まれていた。

摑まれた二の腕が、かすかに痛む。

『なあ、早瀬。お前、俺のこと好きだろう？』

今よりも幼さの残る容貌《ようぼう》に、困惑と期待――そして、わずかな恐怖を浮かべ、咲良は頷くことも否定することもできずに、目の前の男の瞳を見つめた。

薄く微笑んだ、優しげな表情。否、優しいと思っていた、表情。

どうしていいかわからないまま、とくとくと速まる鼓動に喘《あえ》ぐように唇を開いた。

『先生……？』

『いつもそうやって、こっちを見てた。誘って欲しいみたいに』

ふっと笑われ、今、自分はどんな顔をしているのかと不安になる。男が言うようなことを考えていた自覚はない。ただ、優しい人だと――気負わずに話せる人だと思っていたから、そしてそれが、昔憧れていた人をどことなく思い起こさせていたから、惹《ひ》かれていたのかもしれないという気持ちはあった。そして自分が、同性にも恋愛感情を抱けるのだと確信した頃だったから、余計に心は揺れた。

そして、唐突に目の前の場面が切り変わる。

人気のない場所で抱きしめられ、温かな体温に包まれていた。幸福感に満たされ、先ほどまでよりもずっとその男に惹かれているのがわかる。

初めての恋人。優しくされ、甘い言葉を囁かれることが嬉しくて、目の前の男のことしか見えていない自分。自分と同じ好きだという気持ちを、相手も抱いてくれているのだと信じて疑っていなかった頃のことだ。

(嫌だ……見たくない)

その先を、自分は知っている。きりきりと痛む胸に、咲良は咄嗟にそう思った。

『恋人……？　ははっ、まさか本気にしてたのか？　男同士で、冗談だろ』

困ったような、嘲《あざけ》るような表情。そう告げられた時の自分が、なにを言ったのか、言わなかったのか、詳しいことはよく覚えていない。胸に広がったのは、この上もない絶望感。

『卒業したらこの遊びも終わりだよ。お前もそのつもりだったんじゃないのか？　外で男を探す勇気がなかったから、あんな誘うような目で俺のことを見てたんだろう？　俺もそれなりに楽しませてもらったけど、さすがにそれ以上は面倒見れないって』

そして、男が笑う。頑是ない子供を見るような視線。歪められた、唇。

だから、これで終わりだよ。

「……っ！」

びくりと身体が震え、はっと目を見開く。どくどくと嫌な音を立てる心臓に、咲良はシャツをぎゅっと握りしめた。背後からくる扇風機の風を冷たく感じ、自分がうっすらと嫌な汗をかいているのに気がつく。

目の前にあるのは、途中から意味不明な文字列になった文書が表示されたディスプレイ。

作業中に、うっかりうたた寝してしまったのだろう。はあ、と大きく息を吐き出し、意識のないまま打ち込んでしまったらしい文字を消していく。

嫌なことを思い出した。眉間《みけん》に皺《しわ》を刻み、傍に置いた時計を見る。表示されている時間は日付が変わって三時間ほどが経ったものだ。覚えている時間からさほど経ってはいない。寝てしまっていたのは、ほんの少しだったのだろう。

このところ書いていた小説が、後もう少しで終わる。このまま朝まで書けば、なんとか明日の締め切りには間に合うはずだ。そう思いながら、嫌な夢で途切れてしまった集中力に溜息をついた。

「コーヒーでも飲むかな」

あえて声に出し、今が現実なのだと意識して、ようやく少し肩から力を抜く。

あれは終わったことだ。もう、関係ない。そう言い聞かせながらも、いまだにはっきりと思い出せてしまう自分が嫌になった。最近は、さほど思い出すこともなくなっていたのに。

咲良が高校生だった頃の記憶。恋愛に不慣れで、優しくされていると――愛されていると勘違いしていた。

その事実に気がついた時にはすでに遅く、咲良は高校時代のほとんどを相手に捧げており完全に孤立していたのだ。その上信じがたいことに、妄想による虚言癖のある生徒として噂《うわさ》を広められ、周囲からも距離を置かれていた。

(直人さんに、会ったせいかな……)

昔憧れていた人に再び出会い、優しくしてもらっている。惹かれ始めている自分を否定できない。だからこそ、あんな夢を見たのだろう。自戒しろと自分自身が告げている。

「わかってる……大丈夫。今度は、間違えない」

期待などしない。優しさを勘違いしない。

そう言い聞かせながら、咲良は膿《う》んだまま放置され続けている過去の痛みを再び記憶の底に押し込めるため、振り切るように席を立った。

午後八時を回った頃、直人は時間を気にしながら車のスピードをあげた。

予定では、二時間以上前には帰れているはずだったのだが、最後に訪れた営業先の担当者の愚痴ともつかない話が長く、またその後の商談で揉《も》め、予定時間をかなりオーバーしてしまったのだ。

「途中でメールは入れておいたし、夕飯は作り置きしてるから大丈夫だろうけど……返事がないのがなあ」

ぼやきながら、ハンドルを切る。

自宅仕事の咲良は、スマートフォンに連絡が入ってくることが多いため、メールなどもこまめにチェックしている。直人が送るメールにも、即座にというわけではないが、大抵一、二時間以内には返事が入ってくるのだ。だが三時間ほど前に送ったメールの返信がいまだに来ていない。帰宅が予定より遅くなるというそれは、普通なら返信がなくても気にしない部類の内容だ。だが咲良は、これまで欠かさずなにかしら返してきていた。

気づいていないか、双子の世話で手が離せないかのどちらかだろう。自分がいないからといってなにもできないわけではないし、心配のしすぎだとわかっている。実際、ここのところ咲良と双子の関係は良好で、料理以外は直人が手伝わなくても問題ないくらいだ。自分でもわかってはいるが、どうにも嫌な予感が拭えなかった。

「あれ？」

咲良の家に着き、ガレージに車を停め玄関に向かったところで違和感を覚える。玄関が暗く、部屋の中に明かりがついている様子がないのだ。

（出かけてるのか？）

それならそれで、連絡をくれそうなものだが。そう思いつつ扉に手をかけると、不用心にも鍵が開いたままだった。その上、薄く開いた隙間から子供達の泣き声が聞こえてくる。

「ちょ……っ、まじでなんかあったのか？」

慌てて中に踏み込み、靴を脱いで泣き声がするリビングへ走り込む。

「咲良君！　千歳、百花ちゃん！」

名前を呼び、薄暗いリビングの電気をつける。するとそこには、リビングの床に倒れている咲良とその傍らで号泣している双子の姿があった。

「咲良君⁉」

慌てて咲良に駆け寄ると、泣いていた双子が懸命に状況を訴えてくる。

「うわあぁぁぁ、さくちゃ……が……っ、ひっく……っ」

「ふぇぇぇ……っ」

「よしよし、二人ともちょっとそのままで待ってろ。咲良君、咲良君？」

幾度か声をかけるが、反応しない。ぐったりとした青白い顔からは体調の悪さが窺《うかが》える。

「咲良君、咲良君！」

締め切りが迫っており、あまり寝ていなかったようで、ここのところずっと顔色も悪く頭痛もすると言っていた。無理をしないようもっと強く止めていたらと歯噛みしつつ、咲良の名を呼び続けた。

（いつから倒れてたんだ？　息はしてるが……）

手遅れかもしれない。そんな予感にひやりとしつつ、焦る気持ちをどうにか抑え込んだ。冷静に、冷静に。そう自身に言い聞かせながら、スラックスのポケットからスマートフォンを取り出す。

空いた方の手で一一九番を押しながら、咲良の頬を掌で軽く叩く。そのまま通話ボタンを

押そうとした瞬間、倒れていた咲良がかすかに眉を顰めた。

「ん……」

「咲良君！」

わずかな反応にさらに声をかける。すると、もぞりと身動ぎした咲良が、うるさそうにきつく眉間に皺を寄せ——うっすらと目を開いた。

「んん……？」

「ああ、よかった。咲良君、大丈夫か？　今、救急車を……」

意識が戻ったことに安堵し、肩に手をかけ軽く叩いてみる。だが予想に反して、咲良は身体を丸めるようにごそごそと体勢を変えると、寝ぼけたような声で呟いた。

「……ねむ、……もうちょっと……寝かせ……て……」

「は？」

それだけを告げた咲良は、再びことりと意識を失ってしまう。よくよく見れば呼吸は規則正しく、どうやら単に眠っているだけのようだ。

「……なんだ。もしかして、寝落ちしたのか？」

がっくりと脱力し、大きく溜息を吐き出す。すると、大泣きしていた双子が両脇から縋りついてきた。

「ふぇ、ふえ……、なお、さくちゃ、しんじゃっ……の……？」

しゃくりあげながらの千歳の言葉に、安心させるように頭を撫でてやる。

「大丈夫、生きてるよ。眠ってるだけだから安心しろ。ていうか、なんでこんなところで行き倒れみたいになってるんだ？」

「……っく、ひっく。おそとから、かえってきて……いっしょにあそんでたら、きゅうに、ばたんって、うごかなくなっちゃ……っ」

「そりゃびっくりしたな。お前達、ずっと傍についていてたんだろ。えらいな。よくやった」

そう言って褒めてやりながら、いまだ泣きやむことができないでいる双子の頭をそれぞれ撫でる。傍にいた大人がいきなり倒れて動かなくなったのは、幼い子供達にとってかなりの恐怖だっただろう。

どうやら、託児所から帰ってきて二人がリビングで遊んでいるのを床に座って見ているうちに、半ば倒れるようにして眠ってしまったらしい。言われてみれば、咲良が倒れている場所の傍には千歳達が遊んでいたと思われるおもちゃが散らばっている。

「にしても、全く。心臓に悪い伯父さんだな。後で俺から説教しといてやる。ほら、二人とも泣きやめ。この調子だと、夕飯まだだろ。今、美味しいもの作ってやるからな」

苦笑しながら驚かせないように二人をゆっくりと身体から離し、立ち上がる。台所で温タオルとホットミルクを作って戻ると、まずは二人の涙と鼻水でぐしゃぐしゃになった顔を綺《き》麗《れい》に拭《ふ》いてやった。まだぐずってはいるものの、直人が来たことと咲良が無事だとわかったことで落ち着いてきたらしい。

その後、泣きやんだ二人をダイニングテーブルに連れていこうとするが、やはり心配なのか咲良の傍から離れたがらず、仕方がないと苦笑した。

「ほら。ここで飲んでいいけど、零すなよ。飲み終わったら、コップはこの上にな」

咲良を挟むよう両脇に座った二人から少し離れた場所に、ホットミルクを入れたマグカップをトレイごと置く。一人ずつにカップを渡し、ゆっくりと飲み始めるのを見届けて、夕飯の支度《したく》をするためにキッチンへと向かった。

(にしても、本気で肝《きも》が冷えた)

双子を預かってからずっと寝不足が続いていたようだから、限界が訪れたのだろう。だがこれでもし本当に病気だったりしたら、手遅れになっていた可能性もあるのだ。

咲良とて二十歳《はたち》を過ぎた大人だ。高校を出てからずっと一人暮らしだったと言っていたしそれでも問題なく生活してきたのだろう。だが、余計なお世話なのだとわかっていても、どうにも危なっかしくて放っておくことができない。

「ああ、そっか……それだと一石二鳥か？」

不意にあることを思いつき、口元に笑みを浮かべる。心配なら、まるごと三人分、面倒を見られるようにすればいいのだ。

(我ながらいい案だ)

そして咄嗟の思いつきを自画自賛しながら、直人は楽しげな表情のまま台所で夕食の準備を始めるのだった。


目が覚めた時、一瞬、自分がどこにいるのかがわからなかった。

柔らかなオレンジ色に染められた部屋の中で、周囲をぐるりと見回す。

見覚えのあるそこは、リビング横の和室だった。常夜灯がつけられた部屋に二人分の布団が敷かれ、咲良はその中央辺りに横たわっていた。そして両脇には、ぐっすりと寝入っている千歳と百花がいる。二人とも、咲良の着ている服を摑んだまま離さず、身体を寄せていた。

「え……あれ？」

二人を起こさないようゆっくりと起き上がると、洋服を摑んでいた手から力が抜けてぱたりと外れる。立ち上がって布団から出ると、風邪《かぜ》を引かないよう二人にしっかりと掛け布団をかけて和室を出た。

「ああ、起きたか？」

「……っ！　あ……直人、さん？」

急に声をかけられ、びくりと身体を震わせると、ダイニングテーブルでノートパソコンを開いていた直人が片手を上げる。咲良達を起こさないようにか、リビングの電気は落とされており、ダイニングで仕事をしていたらしい。

スーツからラフなTシャツとジーンズに着替えているのは、双子を風呂《ふろ》に入れてくれたからだろう。ついでに直人も一緒に入るため、着替えを二、三着置いているのだ。

「そこ閉めて、こっちにおいで。二人は夕飯食べさせて風呂にも入れたから、そのまま寝かせといても大丈夫」

柔らかな声に、和室の襖《ふすま》を閉めてダイニングへと向かう。状況がさっぱりわからなかったが、どうやら自分がいつの間にか眠ってしまったらしいということだけはわかった。

（いつ寝たっけ……）

まだぼんやりしている頭で記憶を辿っていると、一度席を立ち台所へ向かった直人が、二人分のマグカップを手に戻ってくる。向かい合うようにダイニングテーブルに座ると、目の前にホットミルクの入ったカップが置かれた。

「夕飯食べずに寝てたから、腹減ったろ。って言っても、この時間に食べるよりは、もう一眠りして朝飯にした方がいいだろうけど」

「ううん。っていうか、やっぱり俺、いつの間にか寝てたんだよね。もしかして夕方から……？」

直人の問いに首を横に振って答え、ようやく最後の記憶に辿り着く。託児所に二人を迎えに行って帰ってきた後、一休みしようとリビングで二人が遊んでいる傍に座って見ていたところまでしか記憶がない。

「みたいだね。俺が見つけた時は、リビングで行き倒れみたいになって寝てたからびっくりした。双子は縋って大泣きしてるし」

その光景を思い浮かべ、思わず青くなる。

「うわ……迷惑かけてすみません。今日の昼間、ずっとやってた原稿が一段落して……ここのところほとんど寝てなかったから、どうしても我慢できなくて」

「そっか。気分が悪かったりはしない？　頭痛とか」

「大丈夫。あの、俺の目が覚めるまで、ずっといてくれたんだ？」

時計を見ると、すでに深夜一時近くになっている。合い鍵は直人から必要ないと言われているため、預けていない。鍵をかけられず帰れなかったのだろう。

「一応、寝てるだけっぽかったから救急車は呼ばずにいたけど、もし咲良君になにかあったら困るしね。俺はここで仕事させてもらってたから気にしなくていいよ。風呂はいつも通り双子を入れるついでに借りたから、後はそこのソファだけ借りられたら助かるけど」

「いえ、あの。双子もいるけど、直人さんが布団で寝てくれれば。俺は部屋に……」

そう言った咲良の言葉を、直人が笑って遮る。

「今日は、そこで寝てやりな。二人とも、咲良君が動かなくなってすごく心配してたから。朝起きた時に傍にいてやった方がいい」

「あ、そっか。うん……なんか、色々と……すみません」

穴があったら入りたい。今の気分はまさにそれだった。マグカップを持ったまま、しおしおと肩をすぼめる咲良に、少し声を改めた直人が続ける。

「今回は寝てるだけだったし、問題なかったからいいけど、今は子供二人がいることを忘れないように。あの二人は、雪子ちゃんがいない以上、咲良君だけが頼りなんだ。それに、仕事も大事だけど、それ以上に自分の身体も大事にすること。いいね？」

「……はい。すみませんでした」

説教というには優しい言葉に、胸が温かくなり涙ぐみそうになってしまう。唇を噛みしめてそれを堪えると、マグカップを口に運び甘いホットミルクを一気に飲み干した。

自分がいつまでも起きていると、直人が寝られない。そう思い席を立とうとしたが、先を続けた直人の声に引き留められた。

「で、ちょっと思ったんだけど」

「え？」

マグカップを口に運びながらこちらを真っ直ぐに見る直人と目が合い、どきりとする。朝の仕事前などとは違い、風呂上がりは髪の毛がラフになっており、いつもより野性味が強くなっている気がした。

気恥ずかしさにぱっと視線を逸らし、だが再びそろそろと視線を上げた咲良を見つめたまま、直人が続ける。

「双子を預かってる間、俺もここに泊まらせてもらうっていうのは、どうかな」

「……え、え？」

突然の提案に驚き固まっていると、いい案だと思うんだけど、と直人が笑った。

「俺も、自分のマンションと店とここで三箇所行き来しなくてすむし、必ず俺が帰ってくるってなったら、なにかあっても安心だろ？　ああ、もちろん必要ないところには勝手に立ち入ったりしないし、その辺は信用してもらうしかないけど……」

「ううん。そんな心配はしてないけど、そうじゃなくて……でも……」

「嫌かな？」

問うように聞かれ、その聞き方はずるいと思ってしまう。嫌なわけではないのだ。直人がいてくれれば確かに心強いし安心もできる。けれど、どうしてそこまでしてくれるのかがわからない。確かに、行き来のことを考えたら楽にはなるが、直人にとって他人の家は不便ばかりでいいことはないはずだ。

「嫌じゃないけど、でも、そこまでしてもらうのはさすがに……」

「嫌じゃないなら、試してみない？　実際、俺もその方が助かるし。って言っても、咲良君の仕事に差し障《さわ》ったり、他人がいると気詰まりっていうならもちろんやめておくけど。もしそうじゃなかったら」

どうかな、と重ねて問われ、それ以上断る言葉が見つからない。直人にとってその方が便利と言われれば、今でも無理を承知で甘えている自覚があるため、断るのも気が引けた。

「本当に……いいの？」

恐る恐る問うと、なに言ってるんだか、と明るい笑みが返ってくる。

「こっちがどうって提案してるんだから、いいもなにもないよ。俺は時間が節約できるし、咲良君は双子の世話を減らせるし。お互いに助かって一石二鳥だと思うけど」

決まりでいいかな、と返事を促され、逡巡《しゅんじゅん》する。

期待や不安、色々なものが入り交じったような感情の中で、やめた方がいいと訴える自分がいた。一緒にいる時間が長くなればなるほど、惹かれてしまう気持ちが大きくなるのは目に見えている。諦められないほど好きになってしまって、後で傷つくのは自分だ。その上、いつか、直人に自分の気持ちがばれてしまうかもしれない。

（でも……）

結局は、誘惑に抗えずこくりと頷いてしまった。

もう少しだけ、直人の近くにいたい。雪子の入院期間一ヶ月は、もう半分過ぎている。期間が決まっているのだから、せめてその間だけは。そう繰り返しながら、欲求に負けた自分を弁護する。

「よし、じゃあ決まりってことで。よろしくね」

にこりと楽しげに笑った直人に微笑み返し、座ったまま頭を下げる。

「よろしく、お願いします」

そして、この時の決断を咲良が後悔することになるのは、もう少し先の話だった。


その日は、朝から雲ひとつない青空が広がっていた。

夕方五時を過ぎても、外はまだ随分明るい。直人の車を降りて周囲を見ると、そこは閑静な住宅街の一角だった。車が通るかすかな音や、近くに公園があるらしく子供達の笑い声がどこからともなく聞こえてくる。

気温と湿度の高さが苦手で、咲良は夏になると特に出歩かなくなる。けれど今日は日が落ちた頃から気持ちのよい風が吹いていて、比較的過ごしやすかった。

先を歩く直人に続き、一軒家の門を潜《くぐ》る。家の敷地に足を踏み入れると同時に風にのって漂ってきた甘い香りは、梔子《くちなし》だろうか。見れば、近くに美しい白い花が咲いている。

こぢんまりとしているが綺麗に手入れされた庭には、青々とした緑の木々の他に夏の花が幾つか植えられている。向日葵《ひまわり》や芙蓉《ふよう》、朝顔。朝顔は、子供が観察日記でもつけているのか、鉢植えに幼い字で名前を書いた札が立てられているものがあり、笑みを誘った。

「ほら、おいで」

つい足を止めていた咲良を、直人が振り返って促す。

パステルカラーのブルーのシャツと綿パンという爽やかな出で立《いでた》ちとは正反対の、がちがちに緊張して強張った表情で、咲良は案内された家の中へゆっくりと足を踏み入れる。抱き上げている百花も、緊張がうつったのか、ずっと咲良の胸に顔を伏せたままでいた。

そんなに緊張しなくてもいいよ。そう告げるように、ぽんと、後ろから直人が後頭部に掌を乗せてくれる。その感触にそっと肩の力を抜き、家の奥から聞こえてくる足音に視線を向けた。見ると、五十絡みのエプロンをつけた優しそうな女性――直人の母親が玄関先まで出てきて、にこりと笑ってくれる。

「いらっしゃい。狭いところだけど、ゆっくりしていってね」

「あの、今日はお邪魔してしまって申し訳ありません。これ、直人さんからお好きだと伺ったので……」

「あら、ご丁寧に。ありがとう、嬉しいわ。ああ、あなた達が双子ちゃんね。本当に可愛いこと。さ、上がって上がって」

直人の母親に頭を下げ、咲良は持ってきた菓子折を差し出した。こういう時、なにを持っていけばいいかが全くわからず、結局は直人に相談し、直人の母親が好きな和菓子を買っていくことにしたのだ。

ぎこちない動作で、抱き上げた百花を一旦下ろし、上がり框《かまち》に座らせ靴を脱がせる。隣では千歳を抱いていた直人が、同じように靴を脱がせていた。

直人の仕事が休みである土曜日の夜、咲良と双子は、誘われて直人の実家に夕食をごちそうになりに来ていた。さすがにそれは迷惑だろうと最初は断ったのだが、家族が双子に会ってみたいと言っているという言葉に押し切られたのと、歳の近い子供達がいるというそれに千歳が反応したため遠慮できなくなってしまったのだ。

今、二人が利用している託児所では、昼間は短時間利用者が多いらしく、日によって顔ぶれも違うため友達ができやすいとはいえない。外で遊ぶのも、託児所からの帰りに一時間ほど公園に寄るだけなので、仲良くなってもすぐにお別れという状態だ。

雪子が戻ってくるまでの一時的な措置のため仕方がないとはいえ、遊び相手がいないのは可哀想《かわいそう》だとは思っていたのだ。そう言った意味でも、直人の提案はありがたいものだった。

「直人さん……本当に、すみません」

「ん？　誘ったのは俺だよ。気にしない気にしない。今日は、チビ達の面倒はうちのやつらがまとめて見てくれるから、咲良君はゆっくりすればいいよ」

直人の後ろをついて歩きながらそっと囁くと、優しく微笑み返してくれる。それにどきりとして、胸の奥が温かくなるのを感じながら、ありがとうございますともう一度呟いた。

咲良が意識を失うようにして眠ってしまったあの日から、直人は本当に咲良の家に泊まり込んでくれている。たまに仕事で遅くなることもあるということから、気兼ねなく出入りできるよう一階の和室を使ってもらっていた。

ただひとつ困ったのが、直人が泊まり込むことになり大喜びした双子が、夜、直人と一緒に寝たがったことだ。それ自体は、双子が寝る前に直人が仕事から帰れた日だけ、という約束で叶えられることになった。

それだけならまだいい。だが、千歳と百花の無邪気な次の一言が思わぬ事態を引き起こしてしまったのだ。

『さくちゃんも、いっしょにおやすみしないの？』

自分は部屋で寝るからと言うと、嫌だと散々ごねられ、結果、直人と双子が一緒に寝る日はそこに咲良まで引きずり込まれることになった。

先日怖がらせてしまった一件があるため、強く駄目だということもできず——どうやら眠っている咲良が近くにいる方が安心するらしく——直人からも「俺は構わないよ」と言われ、逃げ場がなくなってしまったのだ。

そして気がかりなことに、直人が泊まり込むことが決まった翌日、雪子からしばらく入院が延びるかもしれないという連絡があった。術後の経過がよくなく、様子を見るためもう一、二ヶ月入院が必要になるかもしれないと話があったそうだ。

『そうか、心配だな……俺は全然平気だよ』

迷った末、正直に直人に話したところ、泊まり込ませてもらえるなら自分の家に帰るのと手間は変わらないから、退院するまで協力するとあっさりと了承の返事が返ってきた。

それはそれでありがたいのだが、そうなると、二週間くらいだと思っていた直人との同居が、思った以上に長くなってしまう。嬉しくもあり、一方で、自分の気持ちに対する不安もあり、さらに落ち着かない日々を過ごすことになってしまったのだ。

「はい、入って」

廊下を進んでいったところで不意に声をかけられ、顔を上げる。

直人の家は、店から歩いて十分ほどのところにある、ごく普通の一軒家だった。昔は店と家が一緒になっていたらしいが、家族が増えて手狭になったので直人の父親が別に家を建てたそうだ。

咲良が住む家より幾らか広い敷地に建てられた二階建ての家は、入った瞬間から明るい空気に包まれているような雰囲気だった。それでいてどこか懐かしい。

襖を開けられ促されるまま中に入ると、そこは居間らしき和室だった。隣の和室との境である襖を開け放し、大きな座卓を中央に置いて、すでにつまみなどの料理が並べられている。

「おお、いらっしゃい」

「あ、あの。お邪魔しています。早瀬です。本日はお誘いいただいて……」

「いいからいいから、ほら、座りなさい」

上座《かみざ》に座り、テレビを見ながら飲んでいたらしい老齢の男性——直人の祖父に声をかけられ、部屋に入ったところで頭を下げる。だが、挨拶もそこそこに手招かれ、直人に背中を押されるようにして座卓の近くへ向かった。

直人の祖父の斜め隣に座るように言われ、座布団が敷かれたそこに腰を下ろす。抱いていた百花をそのまま膝の上に乗せると、知らない場所で知らない人ばかりなせいか、百花は咲良にしがみついて離れようとしない。隣では、直人が手を繋いだ千歳を座らせている。

「じいちゃん、この間話しただろう。この子、遠野さんとこの咲良君。でっかくなっただろ」

「ああ、ああ。わしが見た時は、まだ三つか四つだったから、その子達くらいだったが。別《べっ》嬪《ぴん》さんに育ったなあ」

「え、あ……えと……ありがとうございます」

懐かしげに目を細めた直人の祖父に、直人が思わずといったように吹き出す。

「別嬪さんは男にゃ褒め言葉じゃねえよ、じいちゃん。まあ綺麗に育ったのは確かだけど」

「……っ」

くしゃりと髪を撫でられ、思いがけず肯定された内容に声を詰まらせる。なんと返していいかわからず、恥ずかしさをごまかすように俯き、百花の背中を撫でた。

「千歳、直人さんのおじいさんだよ。ご挨拶できる？」

隣に座った千歳に言うと、百花とは違い物珍しげに周囲を見回していた千歳が、直人の祖父の方を向く。

「じーちゃ、こんにちは。ちとせです」

元気な声でそう言った千歳に、直人の祖父が相好を崩す。

「よしよし、元気な子だ。幾つだ？」

「みっつ！」

「そうか。うちの孫も同じくらいだから、今日は遊んでやってくれ。ほら、おいで」

「うん！」

手招きされ、千歳が立ち上がると、てててと直人の祖父のところに向かう。初対面の大人に対して全く物怖《ものお》じせず、膝の上に座ると、テーブルの上に置かれたお銚《ちょうし》子とお猪口《ちょこ》を指差す。

「じーちゃ、これなに？」

「これは、お銚子とお猪口だ。中は酒だな。お前達が、咲良君くらいになったら飲めるようになる、大人の薬だよ」

直人の祖父は自身の孫に対するような気安さで千歳の相手をしてくれているが、見ている咲良は気が気ではない。いまだ咲良にしがみついて離れない白花の背中を撫でながら、千歳の様子を見ていると、隣に座った直人が笑い含みで声をかけてくる。

「そんな、心配そうにしなくても大丈夫だよ。うちのチビ達に比べたら、千歳なんか可愛いもんだ。なにしても誰も気にしないから、放っておいていい」

「でも……いいのかな……」

こういった経験が皆無で、どこまで甘えてしまっていいのかがわからない。千歳が失礼なことをしないかという心配ももちろんあるが、ゆっくりと晩酌をしていた直人の祖父の邪魔になっているんじゃないかという心配もあった。

「大丈夫だって。そのうち、うるさいのがきたら……」

「あら、もう来てるの？　やだ、ちょっと直人、その子達？」

がらりと居間の襖が開き、小さな子供三人を連れた女性が入ってくる。恐らく、以前話してくれた直人の姉だろう。直人よりもシャープな印象のある美人だ。腕に抱いた子供は、双子より随分小さく、まだ一歳くらいだろう。足元にいる子供達は、双子と同じくらいかもう少し上のようだった。

「そう。この子が咲良君。で、こっちの二人が話してた双子。千歳と百花ちゃん。咲良君、あれがうちの姉貴で友梨香。出戻りでそこのチビ達は姉貴の子」

「出戻りは余計よ。にしても、なに、ちょっと可愛いじゃない。咲良君の親戚の子達だっけ。三人とも似てるわね」

咲良達の傍に来て膝をついた友梨香が、咲良と千歳と百花を順に見てにこりと笑う。

「こっちの子が涼也《りょうや》。五歳だから一番お兄ちゃんね。こっちが悟《さとる》で、二人と同じ三歳よ」

直人の祖父から行っておいでと言われ咲良の傍らに戻ってきた千歳が、興味深そうに友梨香に紹介された二人の子供を見つめる。一方、百花は相変わらず咲良にしがみついたままぴくりともしない。

「涼也君、悟君。この子が千歳、こっちの子が百花っていうんだ。仲良くしてくれるかな」

そう言うと、友梨香の子供二人が「うん」と笑って頷く。

「あっちにおもちゃあるよ」

涼也が、お兄ちゃんらしく「行こう」と千歳を誘うと、人見知りとは全く縁のない千歳が元気よく頷く。

「もも？」

そして、こないの、と百花に声をかけるが、ふるふると小さく首を横に振った百花に、咲良が苦笑したまま千歳に告げた。

「先に行っておいで、千歳」

「はーい！」

元気よく、涼也と悟と一緒におもちゃのある部屋の隅の方へ行った千歳を見ていると、千歳君は全く人見知りしないのねと友梨香が笑った。そして百花へと視線を移す。

「百花ちゃん。こんにちは」

「百花、ご挨拶は？」

促すと、咲良にしがみついていた百花が、もぞもぞと身動ぎする。友梨香の方を見ると小さな声で「こんにちは」と呟いた。その後、腕に抱かれた赤ちゃんを見て不思議そうな顔をする。自分より小さな子供が珍しいのだろう。

「百花ちゃんは恥ずかしがり屋さんなのかな。この子は、万里《まり》っていうの。百花ちゃん達より二つ下の女の子。仲良くしてね」

「……あかちゃん？」

「そう、赤ちゃん。百花ちゃんも、お姉ちゃんになってあげてくれる？」

友梨香の言葉にこくりと頷いた百花が、咲良にしがみついたまま、恐る恐る友梨香の腕の中の赤ん坊に手を伸ばす。そっと頭を撫でると赤ん坊が笑い声を上げ一瞬驚いたように赤ん坊から手を離したものの、咲良の方を向き嬉しそうに笑った。

「可愛いね、赤ちゃん」

「……うん」

声をかけてやると、ふふっと小さく笑いながら頷く。

「なにかしら、この癒《い》やされ感に溢《あふ》れた空気……」

「まとめて見てると和むだろ。うちの戦争みたいな子育て風景とは大違いだ」

隣で友梨香と直人がなにやらぼそぼそと呟いているが、なににについて話しているのかわからず首を傾げる。と、不意に友梨香が、あることを思いついたように声を上げた。

「そうだ！　千歳君と百花ちゃんに、ちょうど似合いそうな服があるのよ。直人、ちょっと万里よろしく」

「って、おい！　あー、落ち着かなくてごめんな」

赤ん坊を直人に預け慌ただしく居間を出て行った友梨香を見送ると、腕の中に残された赤ん坊を抱き直した直人が苦笑する。すると百花が咲良の膝の上から下り、赤ん坊の相手をするように咲良と直人の間に座った。赤ん坊の小さな手を指先でつつくと、それに興味を示したのか、赤ん坊が百花の指を握る。

「とんでもない、です。こんなふうに賑やかな家って初めてで、楽しいから」

「賑やかさだけが取り柄っていうか、静かな時がないからなー、この家」

笑いながら話していると、先ほど出迎えてくれた直人の母親と、直人の妹が料理を運んでくる。手伝おうかと腰を上げようとしたが、お客さんは座っていていいからと言われ、そのまま居心地悪く再び腰を下ろした。

妹の方が、料理を並べながらちらりとこちらを見て軽く頭を下げてくる。それに会釈をするように頭を下げると、ぱっと視線を外され慌てて部屋から出て行った。

「今のが、この間サイン書いてもらった、咲良君のファンって言ってた妹の香奈子。下から二番目。今日来るって言ったらテンパってたから、後で落ち着いたら相手してやって」

「あ、えと、うん。でも、作者が俺みたいなので、がっかりさせないといいけど……」

「え、なんで？」

不思議そうに問われ、苦笑する。

「小説のイメージと違うって、よく、新しく仕事をする人に言われるから。俺、地味だし……恋愛もの書いてるようには見えないって。後、女の人と思われてる時もあって」

咲良が書くものは恋愛小説が多いが、華々しい恋愛遍歴があるわけではない。咲良自身はごく平凡で地味な印象のため、見た目とギャップがあるのだろう。

「そうかな？　全部読んでるわけじゃないけど、優しくて繊細なところとか、すごく咲良君っぽい気がするけど」

「そ、そう？」

「うん。だって、小説なんだから、体験したことをそのまま書いてるわけじゃないだろ。もし咲良君が恋愛慣れしてなかったとしても、それと創作物は別物だろうし。作者本人の見た目の印象なんか、もっと作品とは関係ないよね」

「あ、う、うん」

作品を読んでくれている人が、全員そう思ってくれればいいのに。そう思いつつ、直人が咲良のことを理解してくれているようで嬉しく、心の中が温かくなった。

これまで、松江以外の新しい仕事相手の大半に驚いたような反応をされたため、作品のイメージを壊すのが怖くて、いまだにインタビューでの著者近影など写真が必要な仕事は全て断っている。松江からは顔出しするのもいいのではないかと言われてはいるが、どちらにせよ自分のような地味な人間の写真を見ても、誰も喜ばないだろう。

「それに、少なくとも咲良君なら妹ががっかりすることはないから大丈夫……面食いだし」

「え？」

最後の言葉が聞こえず聞き返すと、なんでもないよとはぐらかされる。それでも、作品をちゃんと自分のものとして認めてもらえたようで嬉しく、ありがとうございます、と微笑んだ。

「……っ、あのさ、咲良君……」

「お待たせ！　千歳君、百花ちゃん、ちょっとこれ着てみない？」

一瞬驚いたように目を見張った直人がなにかを言いかけた時、友梨香の明るい声が部屋に響いた。

「……ったく、姉貴うるさい」

「はいはい。いつものことでしょ。咲良君、これ、二人に着てみてもらってもいい？　秋冬物だから着られるのはもう少し先だけど……うちの子達に、デザイナーの友達がお揃いで作ってくれたんだけど、ほとんど着ないままお蔵入りになっちゃって。千歳君と百花ちゃんならすごく似合うと思うの」

「あ、はい。えっと……千歳、こっちおいで」

広げられた洋服は、どうやらフード付きのケープコートらしい。離れた場所で遊んでいた千歳をもう一度呼び戻し、百花と一緒に友梨香の前に立たせると、至極楽しげな表情で友梨香がコートを着せかける。大人しく着せられるままになっていた二人は、友梨香の、はい、という合図とともにこちらを向く。

「ほら、可愛い！　猫耳、うさ耳、尻尾《しっぽ》つき！」

お揃いのそれは、フード部分に猫耳と兎耳《うさぎ》がついたものだった。千歳がグレーの猫、百花が白い兎のものを着ており、コートの後ろには柔らかな手触りの尻尾までついている。

直人が、千歳の尻尾をいじりながら言う。

「尻尾って、これ外で着たら引っかけるんじゃないか？　百花ちゃんの兎はともかく、千歳の猫のは、明らかに邪魔だろ」

「馬鹿ね、こういうのは可愛さ優先。心配しなくても、尻尾は外れるようになってるの」

友梨香の説明によく見ると、確かに尻尾は取り外せるようにボタンがついていた。

「ねこ！」

「……うささん」

どうやら着せられた二人はひどく気に入ったらしく、楽しそうにくるくる回りながら耳や尻尾を触っている。

「咲良君、これ、二人にあげていいかしら。あ、後、写真撮ってもいい？　うちのアルバムに入れるだけで、絶対、外には出さないようにするから」

「え、え。あの、ありがとうございます。えっと、はい、外に出さないでもらえるなら」

ずいと身を乗り出され、思わず頷く。

雪子の話からすると、断った方がいいのだろうが、直人の家族にそれは言いづらい。勢いに押されるように頷くと、友梨香がいそいそと準備していたデジカメで、楽しそうに二人の写真を撮り始めた。

「あー、ごめんな。基本、うちで見て楽しむだけだから。俺からも、後でちゃんと言っておくよ」

咲良が断れなかったのが伝わったのだろう、隣で直人が囁いてくる。それにこくりと頷くと、可愛いと褒められ満更でもなさそうなどや顔で写真に撮られている千歳と、その隣で恥ずかしそうにしている百花の姿に目を細めた。

「ありがとうございます。二人とも、すごく可愛がってもらって」

「姉貴は可愛いものに目がないからな。三人とも絶対に気に入ると思ってた」

「……三人？」

一人多い気がするが。そう思い首を傾げたところで、直人の母親達が再び料理を運んでくる。それから次々と人が増え、最終的に、居間には子供も含め十人以上が集まっていた。

「お袋と、あっちにいるのが次男の志信で大学生。姉貴と香奈子は話したし、後、次女と三男で兄弟六人。次女は結婚して家出てて、三男は遊びに行ってて今日は留守」

大所帯だろ、と笑う直人に、確かにと思わず頷く。そして、直人の父親と祖母はすでに他界しているのだと教えられた。

フードを着た千歳達が女性陣に囲まれ、ひとしきり可愛いと褒められる。双子を褒められれば嬉しく、自然と笑みが浮かんでしまう。

そんな咲良の様子を、隣で直人がじっと見つめていることにも気づかず、食事が揃ったところで、汚さないよう二人からケープを脱がせた。

食事は、基本的には大皿料理で、子供が好きそうな唐揚げやハンバーグなどが盛られた皿と、大人用に煮物や刺身《さしみ》などの皿が座卓一杯に置かれている。

千歳達は、いつの間にか友梨香の子供達と仲良くなっており、子供達が集まったスペースで一緒に食べている。時折、直人の母親や友梨香が様子を見に行っているが、後は自分達の好きに食べさせているようだった。

「ほら、咲良君もたくさん食べて」

「あ、ありがとう」

隣に座った直人に勧められ、少しずつ料理をとっていく。

直人の母親が作った煮物は、直人が作るそれとよく似ており、とても優しい味だった。最初は緊張してなかなか箸が進まなかった咲良も、直人の祖父や、直人の弟や妹に入れ替わり立ち替わり話しかけられ、時間が経つにつれリラックスして食べられるようになっていた。

（こんなふうにご飯食べたの、いつ以来だろう）

両親が離婚する前も、食事は雪子と二人で食べていた記憶がほとんどだ。一番近いものは中学や高校で行った修学旅行だろうか。それでも、あの頃は友人が少なく、一人で黙々と食べていた覚えがある。

「ごめんな。相手はほどほどにして、ゆっくり食べていいから」

隣に座る直人に声をかけられ、首を横に振る。

「こんなふうに誰かと話しながら食べることなんか、なかったから。楽しいです。料理もすごく美味しいし」

「そう？　それならよかった。こんなところでよかったら、いつでも来てよ……と、ちょっとストップ」

「え？」

優しく微笑んだ直人が、咲良の口元に手をやる。

「お弁当、ついてた」

口端についていたご飯粒をとってくれたらしく、ほら、と見せられる。子供のようなそれに恥ずかしくなり、赤くなりながら「ありがとうございます」と呟いた。手を拭くものを、と千歳達の荷物からタオルを取り出そうとしたところで、直人が指についたそれをそのまま食べてしまう。

「……あ！」

「ん？」

思わず声を上げた咲良に、直人が不思議そうに振り返る。

「た、タオル……」

「ああ、ごめん。うっかりしてた」

恐らく、千歳達の面倒を見ている時と同じ感覚だったのだろう。あっけらかんと笑った直人に、じわじわと顔が熱くなり俯いた。

「……いえ」

小さく呟きながら、心の中で間接キスと呟き、すぐにその単語を頭の中から振り払う。

（駄目だ、駄目だ。直人さんにとって、俺は千歳達と一緒）

自身にそう言い聞かせながら、もそもそと食事に戻った咲良は、しばらくの間赤くなった頬をごまかすために顔を上げることができなかった。


「よいしょ、っと」

「う……ん」

ベッドの上に力の抜けた身体を横たえると、咲良がわずかに声を上げる。だが目を覚ます

気配はなく、顔を覗き込んだ直人は小さく笑った。

「寝顔も百花ちゃんにそっくりだな」

あれから直人の祖父が咲良に酒を勧め、少しだけと飲んでいたのだが、どうやら自身の酒量をオーバーしてしまったらしく、気がつけば直人にもたれて眠ってしまっていた。それでも途中までは直人と祖父に付き合っていたため、それなりに飲める方ではあるのだろう。ただ、一定ラインを越すと、ことんと寝落ちてしまうようだった。

双子も、友梨香の子供達と遊んでいたものの、遊び疲れて一緒に眠ってしまっていた。そのため、子供達は母親と友梨香に任せ、咲良は直人が寝る部屋に泊めることにしたのだ。

直人が実家に泊まる時は、昔使っていた部屋を使っている。今は、大学生の次男——志信が使っているが、週末に深夜営業のバーでバイトしているため、夕食後に出かけて朝まで帰ってこない。

「ようやく、ちょっと顔色もよくなってきたかな」

ベッドの端に腰掛け、眠っている咲良の目の下を指でなぞる。再会した頃そこにあった隈はだいぶ薄くなってきていた。元々色が白いため、濃い色のそれは痛々しいほどに目立っていたのだ。

(ほんと、成長して……見違えたな)

昔、まだ学生だった頃、店の手伝いとして配達を請け負っていたのだが、いつも咲良達の家に行くのは後回しにしていた。夕方五時頃に酒を届け、咲良がいれば近所の公園で少しだけ遊んでやって帰っていた。

いつも咲良達の家で酒を受け取っていた女性は、当時雇っていた家政婦だったのだろう。世間話をするでもなく義務的な様子で、咲良や妹の雪子も懐いているとは言いがたかった。

『直人兄ちゃん、明日も来る？』

『あー、明日は俺が配達じゃないからなあ。次、こっちに来るのは、し明後日《あさって》か？』

咲良は、直人が帰る時、いつもそう聞いてきた。来られないと言って残念そうな顔はするものの、それ以上の我《わ》が儘《まま》を言うでもない。わかった、と頷いて、家に戻っていくだけだった。

あの年頃の子供にしては、咲良は随分と物わかりがよかった。恐らくそれは、自分達に構ってくれる人の方が珍しいという環境のせいだったのだろう。

けれど、そんな思い出の中で、一度だけ咲良が直人を引き留めたことがある。

『帰っちゃ……や……。直人兄ちゃんと一緒……いる……っ』

しゃくりあげながらそう泣いた咲良に、珍しいこともあるものだと思った。

『明日また来てやるから。な？』

そう宥めながら抱き上げ、咲良の家に連れて帰ろうとすると、泣きながらしがみついてきたのだ。

『直人兄ちゃん……ひっく、さくらのこと……すき？』

『ああ、好きだぞ』

『ほんと？』

『ほんとだ。明日は、咲良の好きな饅頭《まんじゅう》買ってきてやる。だからほら、泣きやめ』

そして額を合わせて言い聞かせると、約束だと言って小指を差し出し、指切りをした。ゆーびきーりげーんまーんという歌とともに軽く振った指を見ていた咲良は、それが終わった後、再び直人の首に腕を回して縋り付いてくる。

『さくらも、直人兄ちゃんのこと、すき』

その時、そう呟いた咲良の言葉が、別れのそれだとは気がつかなかった。

翌日の夕方、遠野の家に行ってみると、すでに引っ越しが終わっており家は無人になっていた。その後、家に帰って聞いたところ、咲良の両親が離婚してそれぞれに引っ越したということだったのだ。

咲良はあの時、引っ越したら二度と直人に会えなくなることがわかっていたのだろう。だからあれほど泣いて嫌がったのだ。それでも、嫌がってもどうしようもないことも、またわかっていた。

「そういえば、俺、あの時告白されたんだっけ」

小さく笑いながら呟き、咲良の髪を軽く撫でる。

泣き顔ばかり覚えている子供と再会し、その時に見た顔も泣き顔だった。放っておけないという気持ちが一番で、それだけかと思っていたのだが、今日、読書好きの妹と打ち解けたように話していた咲良の姿を見て、多少むっとしてしまったのも事実だった。

その笑顔は、自分に向けていればいい。

そう思ってしまった自分は、やはり咲良に対して『昔知っていた子供』以上の感情を持っているのだろう。

「ん……なおと、にーちゃ……」

どんな夢を見ているのか、不意に、咲良が直人を昔の呼び方で呼んだ。その後、ふわりと幸せそうに笑う咲良に、思わず髪を撫でていた手を止める。

「……――」

ぎしり、と。

気がつけば、引き寄せられるように咲良に顔を寄せ、軽く口づけていた。そっと唇を重ねると、咲良が身動ぎしたため、起こさないようゆっくりと顔を上げる。そのまま子供にするように頬に唇を寄せ、再びベッドの端に座った。

「あー、やべ」

口元を掌で塞いだ直人の顔は、暗闇の中でかすかに赤く、けれど声と同様抑えきれない笑みがしっかりと唇に刻まれていた。

柔らかな唇の感触。身体中を辿る、優しい指先。

『……咲良』

耳元で囁く声は、優しく、低く——甘い。素肌《すはだ》に触れるシーツの感触。衣擦《きぬず》れの音。気がつけば生まれたままの姿になった自分が、ベッドに仰向《あおむ》けに横たわっている。

視界に入った黒髪。覆い被《かぶ》さるように顔を覗き込んできた相手——直人の姿に、胸が高鳴る。指先で優しく頬を撫でられ、そのまま近づいてくる顔に瞼《まぶた》を落とした。

かすかな吐息とともに、唇が重ねられる。

『……ん、っふ』

口腔《こうこう》に差し込まれた舌が、上顎《うわあご》の敏感な部分をくすぐり、咲良の舌を搦《から》め捕る。ぴちゃりという水音が耳に届き、羞恥《しゅうち》が増した。

『直人さん……』

胸元を辿っていた掌が、やがて下肢《かし》へと向かう。自身の中心をそっと握られ、反応しているそこを優しく扱《しご》かれ、上がりそうになる声を堪えて飲み込んだ。

『ん……っ』

徐々に強くなる力に追い上げられ、声を殺しながら身悶《みもだ》える。

身体を震わせるほどの快感。ただ、感覚自体は覚えのあるものなのに、どこか現実感は薄かった。

『咲良、――……だよ』

小さく囁かれた言葉。うまく聞き取れなかったそれと同時に、頂点へと導かれ、快感へと身を委ねる。そして、ひときわ大きな嬌声《きょうせい》を上げた、その瞬間。

「……――っ！」

ぱちりと瞳を開き、咲良の意識は唐突に浮上した。

「……っ」

息苦しいほどに早鐘を打つ心臓に、胸元のシャツを握りしめる。そこでようやく自分がきちんと服を着ていることに気づき、直前までの光景が夢だったのだと思い至った。

（な、な……なんて夢を……）

直人に抱かれている、などという、あり得るはずのない夢。確かに直人に対して密かに好意を抱いてはいるが、元より一方的なものだと諦めているせいもあり、具体的な想像などしたことはなかった。

もしかして欲求不満なのだろうか。心の中で羞恥に悶えながら、布団の中でごそりと身動ぎする。

（え、布団？）

そういえば、自分はいつの間に寝たのだろうか。それに、布団の感触もいつもと違う。困惑とともに視線を上げたところで、遅ればせながら見知らぬ部屋のベッドに寝ていることに——そして、背後から誰かの腕が自分の身体に回されていることに気がついた。

「……え、え?」

昨日は、双子と一緒に直人の実家を訪れ、夕食をごちそうになっていた。そして直人の祖父に勧められ日本酒を飲んでいたところまでは覚えている。だが、その後の記憶が全くない。

(うわ、途中で寝ちゃったんだ。じゃあ、ここ、直人さんの……ってことは……)

背後にいるのは、必然的に直人ということになる。ぴきりと硬直したまま後ろを振り返れないでいると、唸《うな》るような声とともに、身体に回された腕に力が込められた。無意識なのか抱き寄せられ、背中に直人の身体が当たり一層身動きがとれなくなってしまう。

(どど、どうしよう……っ)

一瞬落ち着いた心拍数が、再び上がり始める。その上、うっかり先ほどまで見ていた夢を思い出してしまい、がーっと身体中が熱くなった。寝起きなせいもあるだろう。下肢がわずかに反応してしまっていることに気づき、身体を丸めるようにして直人からできるだけ腰を離す。

(思い出すな、思い出すな……っ)

強く目を閉じ心の中で言い聞かせていると、不意に、背中にある体温が動いた。腹の辺り

に回されていた腕が動き、頭を軽く撫でられる。

「おはよ、起きてるか？」

「お、おおお、おはようございます、起きてます！　っていうか、ごめんなさい、俺寝ちゃって……」

「気にするな。じいさんが調子に乗って飲ませてたからな。気分は悪くないか？」

「大丈夫！　お、俺、起きるから！」

言いながら身体を起こそうとすると、なにを思ったか、直人が再び腹の辺りに腕を回してくる。

「もう少し寝ててもいいぞ……まだ早い。朝飯食ったら、家まで送ってく」

「俺達はタクシーで帰るから大丈夫。直人さんはゆっくり寝ててください。俺は起きるか、ら……あっ！」

「っと、悪い。ああ、なんだ。もしかして、これか？」

「……――っ‼」

身動いだ途端、タイミング悪く直人の手が下肢に触れ、反応してしまっているそれに気づかれてしまう。真っ赤になった顔を隠すように布団の中に潜ると、ぽんぽんと布団の上から軽く叩かれた。

「別に、男なんだし恥ずかしくないだろ。ああ、なんなら……」

ぺろりと布団をめくられ、耳元に唇が寄せられる。

「俺が抜いてやろうか？」

「……っ‼　な、ななな、直人兄ちゃんの、馬鹿！」

からかうような声に息を呑《の》み、思わず声を上げる。テンパりすぎて昔の呼び名に戻っていることにも気づかないまま、ベッドから転げ落ちるように抜け出した。赤くなった顔を隠すように俯き、部屋の入口へと向かう。洋服は昨日着ていたもののままで、寝苦しくないようにしてくれたのだろう、シャツのボタンが上の方だけ外されていた。

「トイレなら、廊下の突き当たりの右側にあるからなー」

笑いながら追いかけてきた声にも振り返らず、扉を開いて廊下に出る。背中を向けたまま扉を閉め、深々と溜息をついた。

「……馬鹿……」

直人にとっての自分は、ああいったことがからかいのネタになる程度の存在なのだ。自己嫌悪と羞恥、そして落胆に肩を落とし、とぼとぼと教えられたトイレへと向かう。

（あんな夢、見なきゃよかったのに）

たとえ望んでも、叶わない。

それをまざまざと見せつけられ、咲良は、そっと唇を噛み胸の痛みをやり過ごすことしかできなかった。

ぽん、ぽんと軽い音色が響いてくる。

リビングから聞こえてくるそれは、おもちゃのピアノの音だ。木製のそれは、先週末に直人の実家――相澤家に行った際、百花が興味を示し、もう誰も使わないからとお下がりとして譲られてきたものでもある。

曲にもなっていない、ただの音の羅列。けれど、口数の少ない百花の内面を表しているように、音は軽快で楽しげだ。

のんびりとした夏の夕方のひととき。だが、キッチンに立つ咲良にとっては、そのゆったりとした時間は緊張感に満ちあふれたものだった。

「鮭《さけ》は、塩振って味付けた後、骨をとって一口大くらいに切る。子供用のは、小さめにな。で、切ったら軽く薄力粉をまぶして」

「はい」

慣れない手つきで包丁を握る咲良に、隣に立った直人が丁寧に指示を出していく。直人が咲良の家で寝泊まりするようになり、直人の仕事が休みの日には、こうして料理を教えてもらうのが過ごし方の定番となっている。今日は水曜日で、双子達は託児所から帰ってきたばかりだ。

いまだに咲良がまともにできる料理は、オムレツと市販のルーを使ったカレーとシチューくらいだ。そのカレーやシチューも、人参を型抜きで星形にしたり、肉の種類を変えたり、中に入れる野菜を変えることでバリエーションが作れることを教えてもらって、見た目に変化をつけることで子供達にも喜ばれるようになった。

「玉葱は切ったし、ほうれん草とマカロニも茹でたから……下ごしらえはこのくらいか」

バットの上に並べた、薄切りにした玉葱と、茹でて水を切った後ざく切りにしたほうれん草、固めに茹でてザルに上げたマカロニを見て直人が頷く。

「えっと……こんな感じ？」

「ああ。じゃあ、フライパンにバター入れて、鮭焼いて。その後、玉葱と、最後にほうれん草入れてしんなりするまで炒《いた》めて」

言われるまま、準備しておいたバターを熱したフライパンに落とし、ざっと広げる。鮭を並べて焼き色をつけた後、玉葱、ほうれん草を加えて菜箸でかき混ぜながら炒めていった。

「グラタンって、家で作れるんだね」

今はまだ炒め物状態で、これがどうやってグラタンになるかもわからないが。そう思いながら呟くと、直人が隣で笑った。

「市販のグラタン用ミックスとかもあるから、それを使えばもっと簡単だけどな。ただまあ時間がある時は作った方が味の調整もしやすいし、手順と分量さえ覚えたら、さほど難しくもないよ」

「へえ……炒めるの、このくらいでいい？」

柔らかくなってきたところで問いかけると、隣で鍋を覗き込んでくる気配がする。ふわりと動いた空気にどきりとしつつも、鍋から目を離さないようにして手を動かし続けた。

「よし。じゃあ、さっき量った薄力粉、そこに入れて。全体に絡むようによく混ぜて」

火を弱くし、あらかじめ量っておいた薄力粉を鍋の中に入れる。菜箸で薄力粉を全体に行き渡らせるように混ぜていると、隣から「そのくらいでいい」と声がかかった。

「そこに、牛乳入れて。その量なら全部入れていいと思うけど、心配な時は、少なめの量をまず入れて、後から足していくといい。で、とろみがつくまでかき混ぜる」

言われた通り、多少残すくらいの量を入れ、かき混ぜていく。こっちの方が混ぜやすいからと木べらを差し出されたため、菜箸からそれに持ち替えてひたすら混ぜていった。

「あ、なんか、固まってきたかも……」

さらさらとした液体だった牛乳が、徐々にとろみを帯びていく。次第に変化していく様が面白く、混ぜていると、やや固めのホワイトソースになった。

「子供達が食べるから、もう少しやわくてもいいだろうな。牛乳足して調節して。大体の固さを覚えたら、次からはそれを目安にすればいい」

フライパンの中を覗き込んだ直人に言われ、残った牛乳を足していく。少し柔らかめくらいになったところで手を止めると、直人に木べらを渡した。

「うん、いいんじゃないか。じゃあ、塩こしょう入れて」

「……どのくらい？」

「適当」

即答され、眉を下げる。料理をしない人間にとって、適当という言葉が一番困るのだ。このくらいかな、と恐る恐る二、三度振って隣を窺うように見ると、こちらを見ていた直人と視線が合った。

「……っ」

ぱっと視線を逸らして、再びフライパンに視線を落とす。すると、横から笑い含みの声とともにぽんと頭を軽く叩かれた。

「さすがに、もう少し入れていいと思うぞ。五、六回ってとこか」

「は、はい」

言われた通りに振ると、それでいい、と声をかけられる。ほっとしながら塩こしょうの容器を置くと、再び味を馴染《なじ》ませるようざっくり木べらで混ぜた。

「グラタン皿にはバター塗っておいたから、この中に入れて、上にチーズかけて。ああ、子供用は粉チーズでな。そっちの方が、冷めても食べやすいから」

「そうなんだ？」

「ピザ用のチーズは、冷めると固くなるだろ？　俺達は熱いうちに食べられるからいいけど、子供はある程度冷まさないと火傷《やけど》するから、両方使うなら粉チーズの割合を多くした方がいい」

言われてみれば確かに。頷きながらグラタン皿に盛っていく。子供用のグラタン皿は、直人が実家から使っていないものを持ってきてくれた。直人の家では、人数が多すぎて一人一皿といった作り方はなかなかしないらしい。グラタンを作る時も、大皿で作り、取り分ける方式のようだった。

「人数が多いと、作るの大変そうだね」

「一気にまとめて作るから、作りやすいといえば作りやすいぞ。うどんとか蕎麦《そば》とか、個別に盛りつけなきゃいけないものの方が面倒かな」

オーブンに予熱の設定をして使った調理道具を洗っていると、直人が布巾を持って手伝ってくれる。料理に集中している間はともかく、単純作業になると途端に隣にいることを強く意識してしまう。できるだけ隣を見ないようにして皿洗いに集中していると、そういえばと頭上から声が落ちてきた。

「うちの家族が、また飯食いに来いって言ってたよ。姉貴達が双子のことすっかり気に入ってさ。チビ達も遊びたいって言ってたから、たまに遊びに来てやって。じいさんも咲良のこと気に入ったみたいで、また飲みに来いってさ」

「えと、ありがとう……でも、迷惑じゃ……」

俯きながら呟くと、ははっと軽い笑い声が響く。

「迷惑だったら最初から言わないよ。うちだったら、一人、二人増えてもたいして変わらないし。誰かしら面倒見るのがいるから、咲良君もその間休めるだろ？」

「や、でも……二人のことは、俺がちゃんとしないといけないし。今でも、直人さんにいっぱい迷惑かけてるから」

「俺がやりたくてやってることだから、気にしない。それに、普段から実家のあの賑やかさに慣れてたから、ここで飯食った方が落ち着くしね。咲良君はちょっとくらい人に頼って手を抜くくらいの方がちょうどいいよ」

よしよしと頭を撫でられ、自然と頬が熱くなる。無意識のうちに泡だらけになった皿を持つ手に力が入り、つるりと皿が滑り落ちた。

「あっ！」

カシャン、という音とともにシンクに皿が落ちる。持っていた皿は厚手のものだったため無事だったが、代わりに、置いていたガラス製の器が割れてしまっていた。

「ありゃ、大丈夫？　ちょっと待って。素手で触らない方がいい」

「平気、そんなに飛び散らなかったし……痛っ」

慌てて破片を拾おうとして大丈夫だと言った端から、お約束のように指先を切ってしまう。

咄嗟に手を引くと、ゴム製の手袋を手に戻ってきた直人が目を見開いた。

「ああ、ほら。泡落として」

背中から覆い被されるようにされ、ぐいと両手首を摑まれる。水を出した蛇口の下に手を差し出され、そのまま泡を落とされた。

「あ、あああ、あの！　平気だって。ちょっと切っただけだし！」

「破片は入ってない？」

そのまま肩越しに手を覗き込まれ、抱き込まれるような体勢に身体が硬直する。

髪が頰に当たりそうなほどの近さに狼狽《うろた》え、声も出せずにいると、咲良の指を引き寄せて見ていた直人が「大丈夫かな」と呟く。

（近い、近いー……っ）

「切ってるだけで、刺さらなかったか。絆創膏《ばんそうこう》持ってくるからちょっと待ってて。それ、触らないようにね」

ほっとしたような耳元で囁くような声に、こくこくと何度も頷く。早く離れて欲しい。そう思いつつも、実際に背中から直人の体温が離れると、残念な気がしてしまう。

（顔、熱い……）

高鳴る鼓動を持て余しながらシンクに視線を落としていると、たたっと軽い足音が聞こえてくる。ふと足元を見ると、リビングで遊んでいた千歳がキッチンの入口から覗き込むようにしてこちらを見ていた。

「さくちゃん、いたいいたいした？」

「大丈夫、ちょっと切っちゃっただけ。平気だよ」

ぽふんと脚にしがみついてきた千歳に笑いかけると、後ろから百花も顔を出しているのに気づく。二人とも皿が割れる音が聞こえたのだろう。切っていない左手を近くに掛けてあったタオルで拭くと、千歳の頭を撫でた。すると、同じように近づいてきて反対側から脚にしがみついてきた百花が、こちらを見上げた。

「……さくちゃん、おねつ？　おかおあかいよ」

「や、だ、大丈夫。熱はないよ。お料理してたから、暑くなっただけ」

やはり顔が赤くなっているらしい。苦笑しながら心配ないと言うが、どこか心配そうに百花が見ている。

同時に、ふと作業台の上を見た千歳が、首を傾げる。

「きょうのごはん、なに？」

「今日は鮭とほうれん草のグラタン。二人とも、グラタン好きでしょ？」

「すき！」

二人同時に答え、千歳が待ちきれないとばかりに飛び跳ね始める。百花も大人しくしているものの表情はあきらかに嬉しそうで、見ていると自然と笑みが零れた。

「ほら、二人とも。ご飯の前に遊んでたもの片付けてこい。じゃないと、夕飯後のデザート抜きだぞー」

「なお、でざーとなに⁉」

絆創膏を手に戻ってきた直人に千歳が突進していく。三歳児とはいえ、それなりに成長している千歳が全力でぶつかってても直人はびくともせず、千歳の頭を撫でた。

「ご飯の後のお楽しみだ。後三十分くらいで夕飯にするからな。それまでに向こう片付けてこい」

「はーい！」

元気よく手を上げて返事をし、千歳と百花がリビングの方へと走り去っていく。返事だけはいいが、恐らく千歳は再び遊び始めたら片付けのことなど忘れてしまうだろう。

「はい、手出して」

「ありがと……」

温かな掌に濡れた手をとられ、タオルで丁寧に拭われる。傷口の部分は消毒液をつけたガーゼで拭かれ、その上から大判の絆創膏を貼られた。

「一応、水仕事できるやつだけど、後は俺がやるから。血が止まるまでは交代ね」

「これくらい、怪我のうちに入らないし……」

はい、どいてどいて。そう言われ、流しの前から横にずらされると、オーブンの方から音がする。どうやら予熱が終わったらしく、直人がそちらを指差した。

「怪我は怪我。咲良君が痛いのは、俺が嫌なの。それより、こっちはいいからグラタンをオーブンに入れて。焼き時間は十分くらいでいいよ。あ、熱いからちゃんとミトンつけて」

「……はい」

まるで過保護な親のような言い方に、それ以上やると言い張ることもできず、しぶしぶ頷く。すると、いい子だねと笑いながら頭を撫でられ、いたたまれなさに俯いた。

（あ……）

ふと、先ほど同じように千歳の頭を撫でていたことを思い出し、羞恥がわずかに落胆へと変わる。

直人にとって、双子も咲良もそう変わらない存在なのだろう。昔から知っている、弟分。

（……だから、全然、触ったりするのも普通のことなんだよな）

当然といえば当然の事実を思い出し、途端に胸の奥に痛みを覚える。自分ばかりが狼狽えているが、直人にまるでその気がないのは見ていてわかる。

勘違い、自意識過剰。見当違い。

心の中で呟き、唇を噛みしめる。この間、直人の実家に泊まった時だって、自分のものが反応していたのを見て楽しげにからかってきた。平然と笑っていたあれは、弟の恥ずかしい場面に出くわした時のような感覚だったのだろう。

期待をするから傷つくのだ。誰かに、特別に好きになってもらえるようなところなど、自分にはどこにもない。だから、これ以上、好きにならないようにしないと。

与えられる優しさに、過去の痛みを覚えているくせに期待しそうになってしまう。

(直人さんは、お兄ちゃん。ただのお兄ちゃん)

必死にそう言い聞かせている時点で、もう手遅れなのだとは気づかないまま、咲良は抑えきれないほど膨らみ始めている気持ちを胸の奥底へと沈ませていった。


カタカタと、静かな部屋にキーボードを打つ音が響く。

流れるように動く指に合わせ、止まることなく表示されていく文字。それを視線で追いながら、咲良《さくら》は頭の中にある映像を目の前のファイルに文字としておこしていった。

文章を書く際、考えながら書く場合もあるが、基本的に咲良はぼんやりとした映像が頭の中にあり、それを文字にするような感覚で書いている。映画のように完全な形で思い浮かべているわけではなく、登場人物の顔も曖昧《あいまい》な各場面の印象を切り取ったようなものだが、逆にそれが頭の中に出てきてくれないと手が進まなくなってしまう。

今書いているのは、雑誌で書いている連載小説の原稿だ。比較的短く、すでに最後までプロットも決まっているため、締め切りは少し先だが前倒しで進めていた。数日中には、先日提出した――双子《ふたご》が来た頃にやっていた原稿の修正作業が入ってくる。それまでに、一通り書いてしまっておきたかった。

咲良の小説、特に恋愛小説は、報われず幾度も悲しい思いをした果てに幸せを見つけるというものが多い。切ない場面が泣けるという感想はよくもらっているが、たまに、自分でも思いも寄らない部分で共感を得たと言ってもらうこともあり、受け止められ方は千差万別だ。

咲良にとっての小説は『自分の作品』ではあるけれど、仕事として書いているものは『自分だけの作品』ではない。作り上げている過程で編集者の意見が反映され、読者の手に渡れば読者の感覚が反映される。自分が書いた意図がそのまま受け止められるわけではない。それが、小説を書いていて面白い部分でもあった。

ふと、主人公が好きになってはいけない相手への想いを募らせていく場面を書いていて、手が止まった。急速に現実世界に引き戻され、溜息《ためいき》をつく。

（思い出すな、思い出すな）

かぶりを振って、脳裏《のうり》に蘇った直人《なおと》の姿を頭から振り払う。引きずられてしまうと、続きが書けなくなってしまう。そう言い聞かせるが、一度思い出したそれはなかなか消えてくれなかった。

「休憩しようかな」

完全に止まってしまった手に続けることを諦め、立ち上がる。時計を見ると十二時を回っており、作業を始めて三時間ほど経っていたことに気づく。

九時頃に双子を寝かせて、それからずっと机に向かっていたのだ。固まってしまった腰《こし》を伸ばし、コーヒーでも入れようと部屋を出る。

「あ……」

一階に下りていくと、風呂場《ふろば》からかすかに水音が聞こえてくる。いつの間にか、仕事で遅くなっていた直人が帰ってきていたのだろう。部屋の扉は双子が起きた時のために薄く開けていたが、集中していたため玄関の開閉音に気がつかなかったのだ。

台所でそそくさとコーヒーを入れ、マグカップを手にキッチンを出る。今、直人に出くわすと、またあれこれ考え始めてしまいそうな気がする。そう思いながら部屋に戻ろうと廊下に出た瞬間、風呂場に続く洗面所のスライド式の扉が開いた。

「……っ！」

そして、そこから出てきた直人を見た瞬間、息を呑《の》んでその場に立ち尽くしてしまう。着替えを部屋に忘れたのか、直人は腰にタオルを巻いただけの姿だったのだ。

「あ、咲良君。ただいま」

「お、かえり……なさ……」

にこりと笑った直人に、硬直したまま返事を返す。ぱくぱくと口を開くが声にはならず、動揺したまま「あ、あの」と続けた。

「ふ、服！　着ないと、風邪《かぜ》引く、よ」

どうにか押し出した言葉に、あっけらかんと直人が笑う。

「ああ、ごめんなこんな恰好《かっこう》で。スウェット、部屋から持ってくるの忘れてさ。咲良君はまだ仕事？　それ、ブラックコーヒーだろ？　なんか夜食でも持っていこうか」

夜中にブラックコーヒーを何杯も飲む咲良の胃を案じ、夕飯の下ごしらえのついでだからと、直人は時折フルーツサンドやおにぎりといった夜食を作って差し入れてくれていた。けれど、今はそれどころではなく、半ば反射的に首を横に振っていた。

「い、いい！　大丈夫！　食べたら眠くなりそうだから！　それより、直人さん、早く服……っ」

本当に風邪を引いてしまう。そう言いながら廊下の脇に避《よ》けると、わかってると笑いながら、直人が通りすがりに頭を撫でてきた。

「じゃあ、まだ俺もしばらく起きてるから、腹減ったら下においで」

そう言い残し、リビング隣の和室に入っていった直人の後ろ姿を見送りほっと息をつく。

慌てて部屋に戻り、熱くなった頬《ほお》に片方の掌《てのひら》を当てた。

「び、びっくりした……」

濡《ぬ》れた髪や、がっしりとした体軀《たいく》。いつもの爽《さわ》やかさとは違う色気を感じ、動揺を抑えるだけでも必死だった。着やせするタイプなのか、ちらりと見た身体《からだ》はしっかりと筋肉がついており引き締まっていた。

（でも、すごい恰好よかったな）

あまり凝視《ぎょうし》はできなかったが、無駄な贅肉《ぜいにく》もなく、自分の生っ白いひょろりとした身体が悲しくなってくるほどだ。自分の二の腕を見て、あまりの細さにそっと溜息をつく。

あの腕に、抱きしめられたら。ふとそう思い、あやうく想像しそうになった瞬間、激しくかぶりを振った。一体なにを考えているのか。ざわつく肌《はだ》を気にしないよう努めながら、仕事机の上に持っていたマグカップを置いた。

直人のことを思い出さないよう気分転換をするどころか、あまりの衝撃に、脳裏から離れなくなってしまった。溜息とともに再びパソコンの前に座り、画面を眺める。

ともすれば思い出しそうになる直人の姿を必死に頭の隅に追いやりながら、咲良は物語の中に戻るべく、何度も原稿を読み返し続けた。


カーテンの隙間《すきま》から差し込んできた光に気づき、咲良はキーボードを打つ手を止めた。凝《こ》り固まった肩を回し、ファイルを保存すると、座っていた仕事用の椅子《いす》から立ち上がる。

「ふわぁぁ……、もう朝か」

背中を伸ばし欠伸《あくび》をすると、カーテンを開く。時計を見ると六時半と表示されており、夏に向けて日の出が早くなっていることを如実に感じた。二階にある咲良が使っている部屋からは、家の庭が見下ろせる。手入れはあまりできていないが、壁際には柔らかな紫やピンクの朝顔が花を咲かせており、夏場の朝の醍醐味《だいごみ》を味わったような気がした。

「二人はもうちょっと起きないだろうし。とりあえずシャワー浴びようかな」

気がつけば徹夜でパソコンに向かってしまっていたため、このままでは双子を見送る前に眠ってしまいかねない。

部屋のドアを開くと、家の中はしんと静まりかえっている。咲良の部屋の正面にある双子が使っている部屋を覗《のぞ》くと、二人は気持ちよさそうに眠っていた。昨夜は直人が夜遅かったのと、咲良が夜中に原稿を書く必要があったため、二人だけで部屋に寝かせたのだ。

一階に下り洗面所に行くが、リビングの方からも音はしないため直人もまだ眠っているのだろう。

足音を忍ばせて風呂場に入ると、温《ぬる》いお湯を頭から浴びる。ずっと座っていたために凝り固まってしまった腕や脚を、ゆっくりと揉《も》んでいく。

シャワーを浴びながら、ふと廊下で裸の直人と遭遇したことを思い出す。昨夜の姿が脳裏に蘇っただけでどきどきし、息苦しさにそっと息を吐き出した。

（どうせなら、もうちょっと見とけばよかったかな）

実際にその場にいた時は狼狽《うろた》えるばかりだったが、落ち着いてくるとそんな不埒《ふらち》なことを考える余裕も出てくる。日に当たらず生白い咲良とは違い、浅黒いというほどではないが健康的に焼けた肌の色。二の腕なども自分のものより太くしっかりしており、千歳《ちとせ》と百花《ももか》を二人一緒に抱き上げられる力があるのも頷《うなず》けた。

（すごく筋肉質ってわけでもないけど……綺麗《きれい》な身体だった）

自分とは正反対の――すっぽりと包み込まれてしまいそうな体軀。そう思った瞬間、以前見た、直人に抱かれている夢を思い出した。

「……っ」

直人の掌に素肌を撫《な》でられているところを想像し、腰に血が集まるのがわかる。ちらりと視線を落とし、反応し始めたそこに逡巡《しゅんじゅん》した。

やはり、そういう意味で直人のことが好きなのだなと、改めて実感してしまう。再会した当初は懐かしさと憧れの方が強かったけれど、元々好意を持っていた人にこんなふうに優しくされたら、好きになるなという方が無理だった。

抜いてしまわなければ治まりそうにない自分自身に、いわゆるおかずにしてしまうことに罪悪感を覚えつつも、自分の中で言い訳の言葉を探す。

（ちょっとだけ……このままじゃ出られないし。一回だけだから）

心の中でそう言い聞かせ、高鳴る鼓動をそのままに風呂場の床に座り込む。浴槽に背を預け、反応している自身の中心を握った。

「……ん」

思い出すのは、直人の掌。頭や頬を撫でてくれたその感触を追いながら、夢の中で見た映像と被《かぶ》らせていく。

「……っ、ふ、は」

降り注ぐシャワーの水音に紛れるように、かすかな声を零《こぼ》す。ぬるりとした先走りが掌に広がり、より強く自身を扱《しご》いていった。こんなふうに自慰をするのは久々で、小さく息を切らしながら快感を追う。

「直人、さん……」

目を閉じ、夢の中でされたことを思い出す。肌を辿《たど》る手。唇《くちびる》を塞《ふさ》いだ温かさ。絡み合った舌の感触。現実の直人にされたものではないけれど、直人にされているつもりで感覚を追っていくと、徐々に高みが見えてくる。

「……っ、ふ、直人さん、直人さ……」

後、少し。そう思い、より強く掌の中のものを擦《こす》った、その瞬間。

「咲良君？」

「……──っ！」

突如風呂場の外から聞こえてきた声に、ぎくりと硬直する。咄嗟《とっさ》に手を止め、返事をしなければと思いつつも、頭の中が恐慌を起こしていて声を出すことができない。

「……あ……」

返事、返事をしなければ。焦る気持ちが押し出すように、震える唇から掠《かす》れた声が零れ落ちる。だが同時に、「ごめん、開けるよ」と風呂場の扉が開かれてしまった。

「咲良君、大丈……あ……」

「……っ！」

こちらを向いた直人と視線が合い、息が止まる。あまりのことに身体が動かなくなり、それでもどうにか中心から手を離した。居たたまれないほどの重い沈黙が流れ、けれど、先に動いたのは咲良だった。自分の状況も省みないまま立ち上がり、走り出そうとする。

「ご、ごめんなさ……っ、うわ！」

だが、出しっ放しのシャワーもそのままに風呂場を駆け出ようとした途端、濡れたタイルで足を滑らせた。

「危ない！」

勢いよく前に倒れそうになったところで、直人の腕に受け止められ支えられる。だが突然のことで直人も踏ん張り切れなかったのか、転倒は免れたものの二人して床に座り込んでしまった。

「……ご、ごめな……さ……——見ない、で……」

涙交じりの声で支えてくれた直人の腕にしがみつき、顔を伏せる。立ち上がりたいが、あまりの羞恥《しゅうち》で脚に力が入らず立ち上がれない。だが、ふう、と頭上で溜息が聞こえた瞬間、なにを考える間もなく慌ててもがいた。

「ごめ、なさ……っ！」

立ち上がろうとして、再び足を滑らせそうになってしまう。そこを強い力に引き戻され、落ち着け、と声をかけられた。

「謝るのはこっちだ。徹夜で仕事してたみたいだし、シャワーにしては長いから、倒れてるんじゃないかと思って……つい。驚かせてごめんな」

宥《なだ》めるように背中を撫でられ、必死にかぶりを振る。直人は心配してくれただけだ。それを責める気はない。ただ、とにかく恥ずかしくて身の置きどころがないだけだ。

（どうしよう、名前、呼んでたの聞かれてたら……）

はたと思いつき、顔から血の気が引く。心臓が嫌な音を立て、直人の身体にしがみついた手が震え始めた。

「なあ、咲良君……咲良、顔上げて」

「……や」

低い声で言われ、答えながらふるふると首を横に振る。だが、頬に当てられた手で促すように顔を上げさせられてしまい、羞恥で潤んだ視界の向こう、直人が眉《まゆ》を顰《ひそ》めるのが見えた。呆《あき》れられてしまった。そう思った瞬間、なぜか、ぼやけた視界の中で直人の顔が近づいてくる。

「……っ！」

唇を温かなものに塞がれ、目を見開く。なにが起こったのか。茫然《ぼうぜん》としていると、一度押しつけられた唇が外され、間近から瞳を覗き込まれる。

「嫌なら逃げろ」

「……っ、ん！」

そう呟《つぶや》いた直人が、再び口づけてくる。そこでようやくキスされているのだと思い、身を捩《よじ》った。だが同時に、背中に回されている手とは反対の直人の手が、咲良の萎《な》えてしまった中心に添えられた。

「……っ‼」

しっかりとした力で扱かれ、唇を塞がれたまま息を呑む。どうして。頭の中は混乱したままで、けれど与えられる刺激にすぐにそこが力を取り戻していく。

「ん、ん……っ！」

さっきまで思い出していた掌。それよりももっとしっかりとした――体温と現実感のある感触に、刺激が快感へとすり替わっていく。息を継ごうと首を振り口づけを解くと、歯列の合間から舌が差し込まれた。くちゅり、という水音ともに舌が搦《から》め捕られ、息苦しさが増していく。

「ふ、く……んんっ……」

竿《さお》の部分に指が絡まり、強弱をつけて扱き上げられる。焦《じ》らすでもなく追い上げられていき、溜《た》まっていた熱が解放へと向かっていった。

「あ、や、手離し……っ、いっちゃ……っ」

堪《こら》えきれなくなり、無理矢理唇を外してかぶりを振る。直人の身体を引き剝《は》がそうと胸に手をつくが、力が入らず、逆にしがみつくように濡れたシャツを握りしめるだけになってしまう。

「大丈夫だ……このまま、いって」

「……――っ！」

耳元で囁《ささや》かれ、耳朶《じだ》を噛《か》まれる。同時に、一際強く擦り上げられ、堪えきれず放埒を迎えた。びくびくと反射的に腰が震え全ての熱を吐き出してしまうと、力が抜け、ぐらりと身体が揺らぐ。

「っと、大丈夫か？」

しっかりとした腕の力に支えられ、肩で息をしながら頷く。だが、頭から降り注ぐシャワーのお湯が汚れた身体を洗い流していくにつれ、たった今起こったことが頭の中に浸透してきて我に返った。

「な、なんで……直人兄ちゃん……」

「悪い、ちょっと我慢できなかった。さっき、扉開ける前……俺の名前呼んでただろう？」

「……っ」

やはり聞かれてしまっていた。泣きそうになりながら、必死に首を横に振った。

「違、違う……っ！」

聞かれた以上意味がないとわかっていても、咲良には否定することしかできない。そして混乱はやがて直人に対する腹立たしさへと変わっていった。

どうして、中途半端に期待を抱かせるようなことをするのか。この状況でからかったり見て見ぬ振りをしたら、咲良が傷つくと思ったのだろうか。

（そんなふうに優しくされても、嬉《うれ》しくなんかない）

「なんで……見ない振りしてくれればよかったのに……っ！」

責めるように声を荒らげると、直人の困ったような声が頭上から落ちてきた。

「いや、それは……なあ、咲良」

呼び捨てにされ、どきりと心臓が跳ね上がる。

「今の、嫌だったか？」

「……――っ！　嫌なわけ、ないだろ！　俺は直人兄ちゃんが好きなん……っ！」

かっとして思わず言ってしまった言葉に、ぱしっと自身の掌で唇を塞ぐ。

（しまった！）

なにを考える間もなく、立ち上がる。今度は滑ることもなく直人の横を通り過ぎて風呂場を出た。洗面所に置いたバスタオルを摑《つか》み簡単に身体を拭くと、そのまま服も着ずに二階の部屋へと駆け込んだ。

「……馬鹿、俺の馬鹿……っ！」

ずるずると床に座り込み、体育座りで頭を抱え込む。肩にかけたバスタオルを頭から被り、皮膚《ひふ》に食い込むほど強く拳を握りしめた。

どうしてこんなことになったのか。そればかりを繰り返しながら、咲良はしばらくの間そこから動くことができなかった。

平日の夜、夕食時間を過ぎて仕事から帰ってきた直人は、リビングのソファに座って双子達を見守っている咲良に声をかけた。

「咲良……」

だが、直人の声にびくりと肩を震わせた咲良は、不自然に言葉を遮るように立ち上がった。

「……おかえりなさい」

ぺこりと頭を下げ、近くで遊んでいる双子に声をかける。

「千歳、百花。そろそろ寝よう。本、読んでやるから」

「や、なおとあそぶ」

絨毯《じゅうたん》の上に座りブロックを積み上げていた千歳が、ぷくりと頬を膨らませる。ここのところ、出張などで帰りが遅くなることが多く、朝しか相手をしてやっていないせいだろう。言うことを聞かない千歳に困ったように苦笑した咲良が、千歳の柔らかな頬を指先で軽くつついた。

「直人さんはお仕事で疲れてるから、遊んでもらうならまた今度にしよう」

「……いつ？」

「今度の休みに、公園に連れていってやるから。今日はもう寝ろ」

これ以上咲良を困らせないように声をかけると、わかった、と千歳が今度は比較的素直に頷いた。

「じゃあ、さくちゃん、きょうもいっしょにねよ」

「……ねよ」

すると、しゃがみこんでいた咲良のパジャマの袖《そで》を、千歳が小さな手で握った。見れば、後ろから百花も同じようにパジャマの裾《すそ》を握っている。

「うん、じゃあ二人の部屋に行って寝ようか」

「や、そこでねる。なおもいっしょ」

さりげなく部屋から出ていこうとした咲良に、千歳が、直人が寝室として使っている和室を指差し抵抗する。直人がここに寝泊まりするようになってから、双子が寝る前に直人が帰ってきた時は四人揃《そろ》って和室で寝る習慣ができていたためだろう。

さすがにそれには駄目と言えなかったのか、少しの間沈黙した咲良がわかったと頷いた。

「じゃあ、布団《ふとん》敷くの手伝って。部屋に本も取りに行かないと」

「はーい！」

二人と手を繋《つな》ぎ、リビングを出ていこうとする。だが、ふと廊下に続く扉の前で足を止め咲良がなにかを二人に囁いた。

「なお、おやすみー」

「……すみ、なさい」

振り返った双子が、こちらに手を振ってくる。

「ああ、おやすみ。咲良もおやすみ」

「……——おやすみなさい」

軽く頭を下げた咲良が、こちらと目が合う前にすっと視線を逸《そ》らす。静かに扉が閉まり、リビングから三人の気配が消えると、急に部屋の中がしんと静まりかえった。

和室とリビングとの境になる襖《ふすま》は閉めてある。寝るのはしばらく仕事をしてからにするかと溜息をつき、ネクタイを緩めた。

「さて、どうするかな」

視線を移したダイニングテーブルには、朝のうちに準備しておいた夕飯が温められて並べられていた。帰る時間は伝えていたから、咲良が時間に合わせて用意しておいてくれたのだろう。あの風呂場での出来事から露骨に避けられているのは確かだが、こういった心遣いは変わらず、思わず微笑《ほほえ》みが零れる。

「いい子なんだよな……」

ぽつりと呟き、ダイニングテーブルで夕食を食べ始める。今日のメニューは、気温が高くなってきたため、あっさり食べられるよう冷しゃぶサラダと野菜スープにしていた。サラダとドレッシングは準備済みだったため、食べる前に豚肉だけ湯通ししてもらうように頼んでいたのだ。野菜スープは、双子が好きなミネストローネだ。

夕食を済ませると、皿を片付けてしまい風呂に入る。湯船につかり、一日の疲れをとるように息を吐くと、数日前の出来事をゆっくりと脳裏に巡らせた。

あの日の朝は、風呂場からシャワーの音が聞こえてきて目が覚めたのだ。

前日の夜中と明け方に双子の様子を見に行ったのだが、一緒に咲良の様子を窺《うかが》うと、徹夜で仕事をしているようだった。そのため、シャワーは一段落した咲良が浴びているのだろうとすぐにわかった。

だが、いつもなら五分ほど――目覚ましに浴びる程度で出てくるのに、あの日は十五分過ぎても出てくる気配がなかった。水音も途切れず、かといってさほど物音がするわけでもなく、以前咲良がリビングで眠り込んでしまっていた時のことを思い出し心配になったのだ。

『……直……さん……』

そして風呂場に行って扉越しに声をかけようとした瞬間、かすかに自分の名前が聞こえた気がした。その時は、倒れているわけではなさそうだとほっとしたものの、ふと、もしかしたら助けを求めていたのかもしれないと思い至り、無事を確かめるために風呂場の扉を開いたのだった。

（まさか、あんな場面に出くわすとは、夢にも思ってなかったからなあ）

大人《おとな》しく、淡泊な印象のある咲良が、自慰をしていた。その姿に、目を奪われてしまったのは事実だ。そして、転びそうになった咲良を咄嗟に抱き留め、腕の中に温かく細い身体を感じた瞬間、やばい、と思ったのだ。

ほっそりとした肢体《したい》。柔らかく薄紅色に染まった肌。頼りなげな首筋から肩のライン。

あの時の自分とって、咲良は、昔馴染《なじ》みの弟分などという存在ではなかった。

これは、自分のものだ。そういう意識がどこかにあったと、今では自覚している。

実のところ、咲良の容姿や雰囲気、性格は、どこをとっても直人の好みそのものなのだ。同性ということと、昔の面影《おもかげ》がちらついていたことで、再会当初は懐かしさの方が勝っていたが、気がつけばそれだけではない感情を咲良に対して抱いていた。

（そもそも、これだけ放っておけないと思ってる時点でなあ）

姉の友梨香《ゆりか》にも言われたが、自分は元々そこまでお節介な人間ではない。家族は別にしても、幾ら昔を知っているとはいえ、他人のプライベートに関して手助けするような優しさは持ち合わせていない。恐らく、あの時出会ったのが咲良でなく雪子だったとしたら、相談に乗るくらいはしたかもしれないが手伝おうとは言わなかったはずだ。

ただそれでも、咲良の気持ちについては若干判断しかねていた。

『……——っ！　嫌なわけ、ないだろ！　俺は直人兄ちゃんが好きなん……っ！』

ああ言ってはいたものの、昔懐いていた相手に再会し一番困っている時に手を貸してもらったことで、好きになったと錯覚している可能性もある。そもそも、咲良の恋愛対象は同性なのだろうか。そこまで考え、自分以外の男と付き合っている姿を想像し、眉を顰めた。

「……それはそれで、むかつくな」

ぼそりと不機嫌な声で呟き、ちらりと浴槽の外を見遣《みや》る。あの場で、勢いのままつい手を出してしまったことは反省している。けれど、あれである意味自分の中にあった迷いは吹っ切れたといってよかった。

以前、直人の実家に来た時に見せた、楽しそうな笑顔。あの表情を自分以外の誰かに向けるのはどうにも許せない。

ならば、やることはひとつ。

「どうすれば、落とされてくれるかな」

ぽつりと呟いた言葉は、風呂場の中で水音に交じり小さく響いた。

「大丈夫。こっちのことは心配しなくてもいいから、ちゃんと治すんだよ」

『ごめんね、咲良ちゃん。それでなくても迷惑かけてるのに……』

申し訳なさそうな雪子《ゆきこ》の声に、これ以上心配をかけまいと咲良は努めて元気な声を出す。

「大丈夫。前にも話したけど、直人さんが手助けしてくれてるし。雪子が電話してくれるようになって、双子も随分落ち着いたから。ただまあ、寂しがると思うから、状況によっては二人にちゃんと話して顔見せてやった方がいいかも」

『うん、そうね……そうする』

じゃあまた電話するね。そう言って切られた通話にふっと息をつき、スマートフォンを机の上に置く。

病院から電話をかけてきた雪子から伝えられたのは、入院期間の延長が決定したという話だった。ひとまず最低で一ヶ月、様子を見て、治りが悪ければもう少し延びるかもしれないらしい。

「はあ……」

仕事部屋の椅子の上で膝を抱えると、静寂の中にぎしりと音が響く。膝《ひざ》の間に顔を埋め、これからのことに思考を巡らせた。目の前には、修正中の原稿がパソコンの画面に映し出されている。初稿の提出は終えたため、次の締め切りまではまだ多少の余裕があった。

　このところずっと直人を避けてしまい、うまく話せないでいる。料理のことや、双子の面倒に関することであれば普通に話せるが、改まって話を切り出そうとする気配を感じると、つい逃げてしまう。

　夜は、双子がねだるため直人と四人で寝ることもあるが、双子を寝かしつけるついでに自分も寝てしまうため、どうにかやり過ごせていた。それに、咲良自身、双子と一緒に寝るのは嫌ではなかった。

　寄り添ってくる小さく温かな身体は、ふさぎ込んだ心を癒《い》やしてくれる。そのため、咲良もつい双子に甘えてしまっているのだ。

「どうして、あんなこと言っちゃったんだろう」

　先日、あんなみっともない状況で勢いに任せて告白してしまった。口から出た言葉はいまさら取り消すこともできず、直人から逃げ回ることしかできない。

　直人も、きっと居心地が悪いはずだ。それでも改めて向き合うことができないのは、手伝いをやめると言われることを恐れているからだ。もしここで直人と会わなくなったら、二度と会えなくなる。それがわかっているから、逃げ回っているのだ。

「……会えなくなるのは、嫌だなあ」

いつまでもこんな状態が続けられるわけがない。直人から退院するまで手伝うと言ってもらってはいるが、こんなことになった以上、ずっと好意に甘えるわけにはいかない。これまでの礼をして、もう手伝いはいらないと、そう言わなければ。

再び溜息をつくと、不意に玄関のチャイムの鳴る音が聞こえてきた。

「……なんだろう、新聞かな」

特に荷物の届く予定はなかったはずだ。不思議に思いながら、立ち上がり玄関へと向かう。

今日は土曜日で、双子は直人が実家に連れていっている。直人の実家で子供達がホットケーキパーティーをするらしく、双子のことも誘ってくれたのだ。咲良も一緒にどうかと言われたのだが、このところ風邪気味で咳《せき》が出る時があるため遠慮した。

「はーい。……――?」

返事をしながら玄関の扉を開けると、見知らぬスーツ姿の男が立っていた。父親と同世代くらいだろうか。きっちりとした、どこか神経質そうな印象だ。

「早瀬《はやせ》咲良さんですね。私、こういう者です」

男に名刺を差し出され受け取ると、視線を落とす。

「伊能《いのう》さん……弁護士……？」

「一宮《いちのみや》様の代理で伺《うかが》いました。遠野《とおの》雪子さんとご子息――千歳様のことでお話があります」

「え……？」

突然出された雪子と千歳の名に茫然としていると、伊能が目を細めた。

「玄関先ですむ話ではありませんので、通していただけますか」

「あ……はい……」

なにをしているのか、と。非を責められるようにきっぱりと言い切られ、勢いで扉の前から退《ど》いてしまう。一瞬、不審者の可能性が脳裏を過《よぎ》りしまったと思ったものの、双子がいない今ならまだいいかと、警戒しつつ家へとあげた。

リビングに通しお茶を入れると、ソファに座った伊能の前に湯呑みを置く。向かい側に腰を下ろすと、お茶に手をつけることもなく伊能が床に置いた鞄から書類を取り出した。

「先ほど申しましたが、本日は、雪子さんのご子息、千歳様のことで伺いました」

「千歳の？」

「千歳様の父親は、一宮家のご長男――一宮亮《あきら》様です。千歳様は今現在、一宮家にとって唯一の跡取りとなりますので、一宮家で引き取らせていただきたいと思っております。そのための手続きを雪子さんにお願いするために……」

「え、ちょっ、待っ……」

突如、淡々と告げられた突拍子もない話に茫然とする。

「千歳様はこちらに預けられていると調査の結果でわかりましたが、母親である雪子さんの所在がわかりません。こちらに出入りしている様子もないようですし」

「……っ」

調査、という言葉に底知れぬ不安を感じ言葉を詰まらせる。だが伊能は、咲良の様子には構わず用件だけを淡々と告げていった。

「亮様は千歳様が生まれた際に認知されていますので、親権者の変更自体は可能です。雪子さんが子供をあなたに預けたままにしており、養育義務を怠っているようであれば、なおのこと認められる可能性は高いでしょう」

「なにを……」

一体、なにを言っているのか。唖然《あぜん》とし反論しようとするが、普段から人に対して積極的に話す機会もなく、見知らぬ相手ということも手伝ってうまく言葉が出ない。うかつに雪子のことを話すわけにもいかず、どうすればいいかと唇を噛みしめた。

自分のあずかり知らぬところで周囲を調べられていたという不快感と嫌悪感。だがそれよりも、もっと根本的な部分で違和感を覚え、眉を顰めた。

とにかく、一度帰ってもらおう。膝の上で拳を握りしめる。

「ご結婚されていないあなたが、滞りなく子供の面倒を見るのは難しいでしょう。まずは千歳様を一宮家でお預かりし、後日、亮様に親権を変更していただくよう雪子さんと話し合いの場を設けさせていただく、ということでどうでしょうか」

「ちょ、待ってください。そんなの……」

「ただいまー……っと、あれ？」

「……――っ」

玄関の扉が開く音と同時に、直人の声がする。ほっとして視線を移すと、開いたままにしていた廊下に続く扉から直人が顔を覗かせる。

「咲良、お客さん？」

「あ、あの……っ」

咄嗟にソファから立ち上がり、直人に駆け寄る。腕をとって廊下の方へ連れ出すと、声が聞こえないように扉を閉めた。

「なにかあった？」

咲良の様子に、歓迎できない客だとわかったのだろう。眉を顰めた直人に、たった今、伊能に言われたことを話す。

「は？　なんだそれ……。ていうかその話、本当かどうかもわからないんだろう？」

「はい……。だけど一応、雪子から相手が資産家だったとは聞いてるから。事情があって別れなきゃいけなくなったけど、相手の人は双子を認知してるって。その代わり、自分にも子供にも今後一切関わらないよう約束してもらったって言ってたけど」

「そうか……まあでも、今ここでどうこうする話じゃないし、今のところ親権は雪子ちゃんにある。一旦帰ってもらって、雪子ちゃんに話を聞こう」

任せておいて、と安心させるように肩を叩《たた》かれ、ふっと肩から力が抜ける。直人がいてくれれば安心だ。そう、本能的に感じていた。

揃ってリビングに戻ると、直人が立ったままソファに座った伊能を見下ろす。

「私は、こちらの咲良君の知り合いで、相澤《あいざわ》といいます。お話は伺いましたが、突然来た見知らぬ相手に、大切な子供を渡せるはずがありません。お引き取りください」

「千歳様はどこでしょうか？」

「お教えすると？　万が一あなたの話が本当だとしても、親権が雪子さんにある以上、千歳を連れていく権利はありません。もし手を出したら、警察を呼びますので」

重い沈黙が流れ、仕方がないとばかりに伊能が溜息をつく。分が悪いのはわかっているのだろう。今日のところは、と腰を上げた。

「雪子さんの所在を教えていただけますか」

「本人の了承なしに、お教えすることはできません。必要があれば、こちらから連絡するように伝えておきます」

テーブルの上に置かれた名刺に視線を移し、直人が冷淡に告げる。わかりました、という言葉を残し伊能はそれ以上食い下がることもなく家を後にした。

「あの、ありがとう」

「いや、たいしたことはしてないよ。それより、雪子ちゃんに連絡して、必要なら病院に話を聞きに行った方がいい」

「……うん、そうする」

頷き、ふっと息をつく。緊張していたせいか、身体から力が抜け座り込みそうになってしまう。

「咲良」

身体を引き寄せられ、緩く抱きしめられる。ぎくりとして身体を強張らせると、ぽんぽんと軽く背中を叩かれた。宥めるようなそれに、躊躇《ためら》いつつもゆっくりと身体を預けると、それでいいというように腕の中に包まれた。

「そんな不安そうな顔しなくても、大丈夫だよ。千歳は連れていかせない」

「直人さん……」

この底知れぬ不安は、一体なんなのか。自分のことを調べられていたのが不快だったのはもちろんだが、話していて、根本からどこかいびつな感じがしたのだ。

「……あの人、千歳の名前しか出さなかった」

「ああ」

「百花のこと、知らないわけないよね。なのに……それに、千歳のことも、孫だから引き取りたいっていう感じじゃなかった」

震える手で、目の前の身体に縋《すが》るように、直人のシャツを握りしめる。

そうだ。あれではまるで、『千歳』という物について話しているような……。

「跡取りって言ってたな。千歳達の父親に、千歳以外の男の子ができなかったのか……雪子ちゃんと別れてから結婚してないのか。どちらにせよ、勝手な話だ」

直人の腹立たしさを滲《にじ》ませた声に、どこかほっとする。

「直人さん、さっきは本当にありがとう。一人だったら、どうしていいかわからなかった」

「礼を言われるようなことじゃないよ。……なあ、咲良」

突如、身体に回されていた腕に力がこもり、ぐっと引き寄せられる。頭上から囁くように改めて呼ばれたそれに、先ほどからずっと呼び捨てにされていることに気づき、鼓動が速くなっていく。反射的に直人の腕から逃げ出そうとするが、抱き寄せられた身体はびくともしなかった。

「……この間は、急にあんなことして、ごめん」

重々しい雰囲気で口火が切られた話は、やはりこの間の風呂場での一件だった。あれは、直人が謝るようなことじゃない。そう思いながら、必死でかぶりを振った。

「違っ……俺、俺の方が、ごめんなさい。あんな、みっともないとこ……」

「みっともなくなんかない」

震える声を遮るように言い切られ、驚きに思わず顔を上げる。だが視線が合った瞬間、かっと頬が熱くなり再び顔を俯《うつむ》けた。

「なあ咲良……あの時、俺のこと好きだって言ってくれたよな」

「……っ」

ぐっと言葉を詰まらせた咲良に、直人が優しく背中を撫でてくれる。

「あれは、本気？」

「……——」

違う、と言わなければ。そう思っているのに、唇が動かない。

（ああ、でも。どうせばれてるなら……いっそ、ちゃんと言って振られた方がいいか）

直人なら、気持ちを伝えたらきちんと振ってくれるはずだ。それでけじめをつけたら、優しくされても勘違いせずにすむ。

（そうだ。直人さんは、あの人とは違う。もし俺が勘違いしてても、馬鹿にしないで間違いを正してくれる）

そう考えたら、ほんの少し肩の荷が下りたような気がした。わずかに身体から力を抜き、こくりと頷く。

「……そっか。ありがとな」

だが、そう言ったまま、直人はそれ以上の言葉を続けようとしない。断りの言葉もなく、抱きしめる腕が離れていくこともなく、咲良は内心で首を傾《かし》げた。

「あの、直人さん……？」

「ん？」

他に言うことはないのだろうか。そう思った問いかけに、問いで返され、どうしていいかわからなくなる。困ったように眉を下げて見上げると、ふっと直人が微笑んだ。

「俺も、咲良が好きだよ。だから大丈夫。千歳も百花も、三人とも俺が守るから」

「……っ」

さらりとしたそれは家族に告げるような軽やかさで、寂しさとともに胸が痛くなる。好きという言葉の意味。重さ。咲良のものと直人のものとは、決して一緒ではないのだろう。咲良と千歳と百花。直人にとってそれは、きっと身内に対してのものに近い。けれど、それで十分だった。咲良が向けている好意を知って、なお、嫌わないでいてくれるのだから。

「ありがと、直人さん」

泣きそうになるのを堪えながら直人に向けて微笑む。ちゃんと笑えているといいけれど。そんなことを考えていると、じっとこちらを見ていた直人が目を細め、すっと指先で頬を撫でてくれる。

「なあ、咲良。俺になにか、して欲しいことある？」

「え？」

「いや、今ものすごく甘やかしたい気分なんだけどさ。して欲しいこと、ある？」

そう言われ、咄嗟に言おうとした言葉を飲み込む。俯き首を横に振ると、耳元に唇が寄せられた。

「ほんとに？　今は双子もいないから、幾らでも我《わ》が儘《まま》言っていいよ」

囁くような甘い声に、身体にぞくりと震えが走る。身体の芯《しん》が熱を持つような感覚に、ぎゅっと直人のシャツを掴む手に力をこめる。

馬鹿なことを言おうとしているのはわかっていた。絶対に困らせる。そう思いつつも、これが一度きりの――最後のチャンスだと囁く自分もいた。

「……て、ほし……」

「ん？」

震える唇で呟いたそれを、直人が聞き返す。羞恥のあまり視界が潤み、それでも涙を零さないよう堪えながら、もう一度繰り返した。

「……っ、かい……けで、い、から……して、欲し……」

――一回だけでいいから、抱いて欲しい。

喉《のど》に絡みくぐもった音になってしまったそれを拾い上げた直人から返ってきたのは、優しい、そしてどこか残酷な――了解、という言葉だった。

「ん……、ふはっ……」

ちゅく、という淫靡《いんび》な音がぼんやりと耳に届く。肩で息をしながら、涙で潤んだ視界の向こうで、咲良は濡れた直人の唇を見つめた。わずかに開いた唇から差し出した自身の舌と直人の舌の間で、銀糸がひいている。

咲良の部屋のベッドの上でキスをし始めて、どのくらい経っただろうか。唇が熱を持ちしびれるほどに、直人は咲良の唇を貪《むさぼ》っていた。

咲良は、仰向《あおむ》けに横たえられ、シャツだけを羽織《はお》った状態になっている。一方の直人は、服を着たままで、かろうじて咲良がシャツのボタンを二つ、三つ外しただけだ。

ぺろりと唇の端を舐《な》められ、口端から溢《あふ》れた唾液《だえき》を拭《ぬぐ》われる。

「気持ちよさそうだな、咲良」

微笑んだ直人が、酸欠気味でぼんやりとした咲良の頬を撫でる。そのまま額に口づけを落とし、頭を下げていった。

「あ、や、そこ……っ」

胸元に唇を寄せられ、片方の先端を口に含まれる。もう片方は指先で潰すように弄《いじ》られ、これまで感じたことのない快感に身を捩った。

「や、あ、あ……っ」

舌で先端を突かれ、強く吸われる。そして再び舌で転がされ、次々に与えられる刺激に無意識のうちに腰が浮いていく。

「胸、感じるみたいだな……」

笑み交じりの声とともに、咲良の中心が直人の掌に包まれる。キスされている時から全く触られていなかったのに、そこは完全に勃《た》ちあがり、先走りを零していた。ぬるりとした感触とともに擦られると、じんと腰の奥から快感が這《は》い上がってきた。

その後も、身体のあちこちにキスを散らされ、舌を這わされる。一番触って欲しいところは、先ほど一度触っただけで再びずっと放置されたままだった。

腰に溜まった熱に堪えきれなくなり、そろそろと自分の手で擦ろうとする。だがその手は直人に捕らえられ、自分で触るの禁止、と耳朶を噛まれながら囁かれた。

「や……なんでっ」

「もうちょっと我慢。もっと気持ちよくしてやるから」

そう言った途端、すぐにでも達してしまいそうなそこの根元を、空いた方の手で直人が強く握る。そして咲良の手を掴んでいた手が外されると、胸元、腹部と順に撫でられ、やがて脚の間へと降りていった。

「……っ！」

「ここ、触ったことある？」

指先で後ろの蕾《つぼみ》をなぞられ、びくりと身体が震える。昔、触られた時は服の上からだったし、咲良が怯えて拒絶したきりになったため、誰かに直接触られたのは初めてだった。思わず身体が竦《すく》んでしまったのがわかったのか、直人が唇に軽くキスを落として苦笑した。

「やっぱり怖いよな」

すっと指が引かれ、けれど咲良は咄嗟に直人の手を摑みそれを引き留めていた。

「怖く、ない……から」

怖くないわけはなく、さすがにそれは嘘《うそ》だったが、このままやめられてしまう方が嫌だった。直人にしてもらえるのは、一度きりなのだ。ならば、ちゃんと最後までして欲しかった。

「なにするか、知ってる？」

正面から顔を覗き込まれ、視線を合わせられないまま、こくりと頷く。なにを考えているのか、ただ黙って真《ま》っ直《す》ぐにこちらを見ている直人の視線が痛かった。

「……したことは？」

沈黙の後聞かれたそれに、ふるふると首を横に振る。すると、どこかほっとしたような気配が漂ってきた気がした。

「そっか。じゃあ……ちょっと待って」

そう言って、一度身体を離した直人が、枕元に置いたなにかを手に取る。そういえば、部屋にくる前に、なにかの容器を持ってきていたことを思い出し、横を向いてそれを見ようとした。けれど、その直後。

「ひゃ……っ」

後ろに塗られたひやりとした感触に、おかしな声が出てしまう。自身の掌で口を塞ぐと、直人が冷たかったかと小さく笑った。

「ごめんな。今日は準備がなかったから、千歳達のベビーローションちょっと借りた」

「え？」

なんの準備だろうか。そう思ったものの、それ以上問い返すことはできなかった。ぬるぬるとした感触が蕾に丁寧に塗られ、やがて、徐々に指先が中へと入っていく。

「あ……」

「大丈夫。痛いことはしないから……力抜いて」

宥めるように言われ、ゆっくりと蕾を撫でられる。決して一気に進めようとはせず、馴染ませるようにじりじりと動く指に、やがて咲良の身体からも力が抜けていく。

同時に、気を散らすように胸元や腹部を唇で辿られる。あちこちにキスを散らされ、かすかな痛みを与えられた。

「あ……、……っ」

時間をかけて奥へと進んでいった指が、一度ゆっくりと引き抜かれていく。そしてわずかに引き攣《つ》れた感覚で、指が増やされたことを知った。

「ん、く……っ」

身体の中を指が這う感触。気持ちいいのか気持ち悪いのか。よくわからない、なんとも言えない感覚に身悶《みもだ》えていると、不意に指先がなにかを掠めた。

「……――っ！」

びくっと、思わぬ感覚に身体が跳ねる。頭のてっぺんから雷流が突き抜けたようなそれに、茫然と目を見開いた。

「な、なに……あ、あ……っ！」

「……見つけた。ここ、か？」

「やだ、あ、ああ……っ」

ぐい、と指先で身体の奥を押された瞬間、恐ろしいほどの刺激が身体中を駆け巡る。それが快感かどうかもわからず、けれど、自身の身体が変わってしまいそうな感覚が恐ろしく激しくかぶりを振った。

「や、やだ、それやだ……あ、ああ……やぁ……っ！」

「大丈夫だ。大丈夫だから……そのまま感じてな」

くすりと笑う気配とともに、耳元で唆《そその》かすような声がする。ぐりぐりと感じる場所を指先で擦られ、わけがわからないまま、無意識のうちに自ら指にそこを押しつけるかのように腰を揺らしていた。

「あ、あ、やだ、いく……いく……っ！」

「いいよ、いって」

そう告げると同時に、根元をせき止めていた指が外される。導くように何度か扱かれ、同時に身体の奥のそこを強く擦られた瞬間、咲良の熱は一気に解放へと向かっていく。

「あ、ああああ……――っ！」

そうして、咲良はこれまで知らなかった未知の感覚とともに、激しい波に飲み込まれるかのような放埒を迎えたのだった。


翌日の午後、面会時間を待って、咲良は直人とともに病院へ見舞いに来ていた。なにか事情があるのなら早めにはっきりさせておいた方がいい。そう言った直人の言葉に従い昨日のうちに雪子に連絡を入れたところ、しばらく沈黙した雪子から話をするから来て欲しいと言われたのだ。

双子は託児所に預けており、見舞いが終わったらそのまま迎えに行く予定だ。昨日来た伊能が自分達の身の回りを調査していると言っていたため、ここに来るのも、公共の交通機関やタクシーを使い、できるだけ目立たないようにしてきた。また直人は、咲良に付き合うため午後半休をとってくれていた。

久々に顔を合わせた雪子は、やつれ気味ではあったが、随分落ち着いた様子だった。ベッドの脇には身体に入れられたドレーンから出た排液が溜まる袋が吊《つる》されている。どうやらこの排液が減らないのが、入院が長引いている原因らしい。

真っ白な壁に囲まれた個室より多少広いといった部屋は、二人部屋らしく、もう一人は昨日退院したそうだ。

「ごめんね、咲良ちゃん」

病院のベッドの上で上半身を起こし深々と頭を下げた雪子に、咲良は大丈夫だからと慌てて頭を上げさせた。

「相澤さんも、ご迷惑をおかけして申し訳ありません」

入院着を着た雪子は、咲良の後ろに立った直人にも頭を下げる。

「俺は、好きでやってたことだから気にしなくていいよ。ありがとうございます」

「それより、細かい話、聞いてもいいかな」

そう促せば、雪子は覚悟を決めたように頷いた。掛け布団の上で軽く拳《こぶし》を握りしめ、ベッドの脇に椅子を並べて座った二人を順に見遣る。

「一宮亮さんは、確かにあの子達の父親です。認知だけは亮さんからどうしてもと言われたのでしてもらっています。けれどその代わりに、私達には二度と関わらないで欲しいとお願いしました」

「……どうして別れたのか、聞いてもいい？」

そっと尋ねた咲良に、雪子が苦笑して頷く。

「一宮家は旧家でね。一宮グループって知らない？　製薬会社とかの……あそこの人なの。でも私、ずっとそのことを知らなくて。聞いたのは妊娠したのを報告した時だった」

そう言って一旦言葉を止めた雪子は、淡々と続きを話し始めた。

「あの子達ができる前から、結婚の約束はしていたの。ただちょうどその頃、向こうが仕事で海外に何ヶ月も行きっぱなしなことが多かったから、結婚の準備はそれが落ち着いたらって話してて。子供ができた時もヨーロッパにいたけど、連絡したらすぐに帰国して……すごく喜んでくれた」

なのに、どうして別れてしまったのか。首を傾げた咲良に、雪子が視線をやる。

「ちょうど子供が生まれる時期に海外での仕事が終わって帰国する予定で、その時に籍を入れるはずだった。けど、亮さんがご両親に結婚のことを話したら、お父様はともかくお母様に猛反対されて」

そう呟くと、雪子はそっと溜息をついた。相手は、父親には結婚の話をして根回しをしていたらしい。母親の方は、跡取りさえできればいいという構えだったため、反対されるとは思っていなかったそうだ。

だが蓋《ふた》を開けてみれば、母親が強固に反対した。そして父親は、反対はしないが母親を取りなす立場にも立ってはくれなかったらしい。

「お母様のご実家もやっぱり資産家で。だから余計に、再婚家庭でしかも家から遠のいている私みたいなのは許せなかったんだと思う。昔から付き合いのある——向こうの家と格の合う人と結婚させたがってて。お母様が一人でいらして、別れてくれって手切れ金を出されたりもしたの」

「なんだそれ」

眉を顰めた直人に、大きい家だからね、と苦笑しながら続けた。

「家か私か、選ばなきゃいけない状況になって。喧嘩《けんか》も多くなって……責任感が強くて優しい人だったから、すごく悩んでるのが手に取るようにわかった」

雪子の恋人だった亮という男は、現当主の弟の子供なのだという。両親を事故で亡くした亮を、子供がいなかった本家で引き取り跡取りとして育てたそうだ。その時の恩があるため、結婚のために家を捨てるという選択肢もとりにくかったらしい。

「それで、結局、身を引いたの？」

「亮さんのお母様が来たって言ったでしょう？　その時、当たり前みたいに、千歳は亮さんの子供で一宮家の跡取り候補だから、向こうが引き取るって言ってきたの」

「……——」

咲良達に向けられた言葉は、そのまま以前雪子にも向けられたものだったのだ。

相手の母親は、自身に子供が授《さず》からなかったことで周囲から辛辣《しんらつ》に当たられたせいか、跡取りに関して一宮の血筋に非常に拘《こだわ》っているそうだ。そのため、候補は一人でも多い方がいいという考えらしい。

「結婚って、自分達がよければ全てよしってものでもないでしょう？　やつれるくらいに悩んでどちらも選べないでいる亮さんを見て、無理に結婚してもきっとうまくいかないなって思ったの。きっと、誰かが無理をしすぎて破綻《はたん》する」

自分が我慢すればいい、というだけならもっと簡単だったと雪子は続けた。

「家やご両親を捨てて欲しいわけじゃなかったし。それに、千歳のことを跡取りっていう道具のようにしか見ていなかったお母様に千歳がとられてしまいそうな気がして、あの子達まで巻き込むくらいなら一人で育てようって思ったの」

「雪子……」

「本当は、向こうの家との関係を断ちたかったから、認知も断ってたんだけど。亮さんからそれだけはって頼み込まれて……迷ったけど、万が一、私になにかないとも限らないしと思って。でも、今まで通り生活していたら、そのうち千歳だけ連れていかれそうだと思ったから、連絡を絶つために引っ越したの。少なくとも、小さいうちに千歳と百花が離れ離れになるような状況だけは、作りたくなかったから」

それは、自分自身の経験があるからだろう。ベッドの脇に座ったまま妹の頭を撫でると、雪子が泣き出しそうな目でこちらを見つめた。

「お願い、千歳は絶対に渡したくないの。もし……あの人が来ても、私が退院するまで二人のこと守って」

「それは、もちろんいいけど」

退院した後は、どうするのか。言い淀《よど》んだ咲良の後ろで、直人がやや厳しい口調で問う。

「それで、退院した後は？　また、逃げてどこかに引っ越すつもり？」

「……っ」

直人の言葉に答えられず雪子がシーツを握りしめると、励ますように咲良がその上に掌を重ねた。確かに、その通りなのだ。雪子にも、双子達にも、逃げ隠れ続けるような生活はして欲しくない。

「雪子」

声をかけると、こちらを見た雪子が揺れる瞳でじっと咲良の目を見つめ……やがて、決意したように頷いた。

「……退院したら、もう一度ちゃんと話します。私の周りを調べてまで千歳を引き取りに来たっていうなら、あちらでなにかあったのかもしれないし」

静かにそう言った雪子に、直人は、声を和らげて頷く。

「わかった。それなら、俺も力になるから。二人のことは心配しなくてもいいよ。雪子ちゃんはまず、身体を治すことを考えて。もしややこしいことになりそうだったら、俺の友達が弁護士やってるから紹介するよ」

「直人さん……」

安心させるように咲良の頭を撫でてくれた直人が、咲良と雪子に向けて微笑む。

「二人とも、ありがとうございます。よろしくお願いします」

改めて頭を下げた雪子に別れを告げ、病室を後にする。すると、一階まで行ったところでふと直人が足を止めた。

「ああ、悪い。ちょっと待っててくれるか？　雪子ちゃんに見舞い渡し忘れてた」

「あ、うん……すみません、お気遣いいただいて」

「いやいや、うちの家族からもよろしくって言われてるから。ちょっと座って待ってて」

そう言い残し、病室へ戻っていく直人の後ろ姿をじっと見送る。少しの間そのまま通路の端に立っていたが、邪魔になるかと近くにある受付の椅子に腰を下ろした。

一人になった途端に気が抜け、はあと大きく溜息をつく。昨日から怒濤《どとう》のように色々なことが起こり、頭の中がパンク寸前だ。

双子の父親のこと、雪子のこと、そして――直人のこと。考えることがありすぎて、けれど考えるだけの気力もなく、どうにも思考が散漫になっていた。

(直人さん、昨日のことどう思ってるんだろ)

その中でも、最も気になるのがそれだった。

好きだと告げて、一度だけでいいからと頼み肌を触れ合わせて。咲良にしてみれば、振られて気まずくなって会えなくなるのを覚悟した上でのことだったのに、昨日から、驚くほどなにも変わっていなかった。いつも通りに食事をして、双子の世話をして、雪子のところへ来て。ほっとしたような、中途半端なまま放り出されたような、どっちつかずの状況に自分の気持ちをどこに持っていけばいいのかがわからなかった。

しかも、他に人がいる時はまだいいのだが、直人と二人になると昨日のことを思い出し途端に落ち着かなくなってしまう。直人に触れられた感触は、まだはっきりと思い出せる。近くにいると肌を辿った掌の体温まで蘇ってきそうで、動揺を悟られないようにするのに必死だった。

(結局、最後まではしてくれなかったけど……)

昨日、指だけで咲良が達したところで、行為は終わってしまった。初めて味わった強い快感に、達した後で直人に触れられた際、咲良が一瞬怯《ひる》んだせいかもしれない。咲良の息が整うのを待ってベッドから下りた直人は、ちょっと待っててと言い残しそのまま部屋を出て行ったのだ。

腰が抜けてしまいベッドから下りられずにいた咲良は、そのまま待つしかなく、居たたまれない気分で座り込んでいた。

それからしばらくして、蒸しタオルを持って戻ってきた直人の手によって、手際よく身体の汚れが拭われ、子供のように服を着せられた。そして、みっともない姿を見せてしまった恥ずかしさから顔を上げられないでいる咲良の髪に、甘やかすようにか、落ち着かせるようにか——そっとキスを落としてきたのだ。

恋人でもない、さらに直人の恋愛対象には入らないだろう同性を相手にあそこまでしてくれたのだ。しかも、態度を変えないでくれている。それだけで十分だった。気持ち的にはきっぱりと振られた方が楽だとは思うが、そうなったらそうなったで直人と一緒にいるのは辛《つら》くなってしまう。それを見越して、はっきりとは言わなかったのだろう。

「優しすぎるのも残酷だよ……直人さん」

けれど、やはりそう思わずにはいられない。咲良は俯いたまま、なおも期待しそうになってしまう往生際の悪い自身の気持ちにそっと自嘲《じちょう》した。

店の事務所で電話越しに仕事の結果報告を聞いていた直人は、話が一段落したところで「よっしゃ」とにこやかに笑った。

「お疲れ、粘り勝ちだな」

『向こうの若旦那《わかだんな》が、いい加減しつこいから諦めるって言ってくれたよ。この間、お前が来たのが結構効いたらしい。長野の仕入れの時の話、しただろ。どうもさ、あそこの酒蔵のこと知ってる人がいたらしくて、あの辺から多少雲行きが変わってきた。いい物を見つける目を持つ人達がいる会社になら預けられるって、伝えてくださいとさ』

「はは、そりゃプレッシャーだな。宮武《みやたけ》が頑張って説得してくれたおかげだ」

ここ一年ほど、店の社員である宮武が、山形にある酒蔵で造られている酒を仕入れられないかと足繁く通っていたのだが、なかなか色よい返事がもらえないでいたのだ。

幸い、酒に関する知識が豊富で実際に多くの種類の酒を飲んでいる宮武は、酒造りのリーダーである杜氏《とうじ》などとも仲良くなり気に入られていたらしい。ただ後もう少し、最後の一手が足りないのだとぼやいていたため、少し前に、名前と昔の肩書きだけでも使えるだろうと社長である直人も一緒に酒蔵を訪れたのだ。

目的の酒は、毎年季節限定で作られる純米大吟醸《だいぎんじょう》で、絶対的な生産量が少なく、地元での流通分だけで精一杯だと言われ続けていた。だがこのほどようやく、宮武の粘り強さに先方が折れ、数量限定という条件付きで仕入れさせてもらえることになったのだ。

味に関しては、以前宮武が試飲用として買ってきたものや、酒蔵で振る舞われたものを飲んだが、やや辛みのある、けれど後口のいい味わい深い美味《おい》しい酒だった。香りがよく、くせも強すぎず、日本酒好きから初心者まで幅広く楽しめるものだ。

『とりあえず、今年は今の取引先だけでいっぱいだから、本格的には来年からってことで。一応、何本かは分けてもらってくるよ』

「わかった、頼む」

そこまで話したところで、ふと、机の上に置いた書類に視線をやる。仕事とは関係のないものだが、そこに書かれたある一点を見つめたまま「そういえば」と続けた。

「ちょっと聞きたいことがあるんだけどさ……」

そして、さほどの期待感もなく思いつきで聞いた内容に、宮武が返事を寄越す。その内容に一瞬目を見開き、にっと口端を上げた直人は、帰ってきたら相談に乗って欲しい旨《むね》を告げて電話を切った。

「さて、忙しくなるな」

弾んだ声でそう呟いていると、席を立って店の方に出ていた姉の友梨香が戻ってきた。

「直人、夏祭りのお酒の発注、来てるわよ。日本酒とビール。去年と大体同じだから、仕入れてる分で問題なさそう」

「そういやそれがあったな。準備あんまり手伝えない分、打ち上げの方に多少色つけて納品しといてくれ」

毎年、自治会で企画した夏祭りが近所の公園で行われるのだが、父親が亡くなってから店の方が忙しく直人達の家は基本設営準備だけの手伝いになっている。直人と、すぐ下の弟妹――成人している二人のどちらかが行くのがここ数年のパターンだ。

「了解。ビール多めに入れといたから問題ないでしょ。今年は、前準備どうする？　行けそう？」

「あー……今、ちょっと咲良の方がごたついててな。悪いけど、今年は志信《しのぶ》に頼むわ」

姉の言葉に、眉を顰める。準備だけならさほどの日数を取るわけではないが、今は咲良や双子の方が気がかりだった。あの弁護士が、大人しく帰ったままなにもしてこないわけがない。

「なに、ごたついてるって。トラブルでもあったの？」

咲良達がうちに食事に来てから、時折双子を預かっているせいだろう。親戚《しんせき》の子供に対するように心配そうに表情を曇らせる友梨香に、手を振ってみせる。

「いや、そこまでじゃないけど。この間、咲良達のところにあんまり歓迎できない客が来てたから、念のためな」

「そう。なにかあったら、ちゃんと言いなさいよ」

そう言った友梨香が、そうだ、とにこやかに手を合わせた。

「夏祭り、三人も誘えば？　うちに連れてきなさいよ。三人とも浴衣《ゆかた》着せてあげるから」

「……ああ、それいいな」

その姿を想像し、思わず頬が緩む。友梨香の、可愛《かわい》い子供達で着せ替えがしたいという魂胆みえみえの誘いだが、確かにそれは名案だった。

「今日の夜、行ったら聞いてみるよ」

双子はもちろん、咲良も浴衣姿はよく似合うだろう。

そう思いながら仕事に戻る直人の表情からは、鼻歌でも歌い出しそうな楽しげな笑みが消えず、やがて事務所に顔を出した弟の志信に気持ち悪がられることになったのだった。


昼間の暑さも、夜になれば少しだけ和らぐ。けれど、人が大勢集まる場所は熱気のせいかやはり暑く、咲良はそっと息をついた。

皓々《こうこう》と照らされた広い公園を、千歳と百花と手を繋いだままゆっくりと歩いていく。昼間の静けさはどこへやら、視界に飛び込んでくるカラフルな色合いに視線が定まらず、そっと地面へと視線を移した。

歩く度にカランコロンと音がするのは、履いているのが靴ではなく下駄《げた》だからだ。着ているものも、いつもの洋服ではなく、濃い藍色の浴衣だった。

「すごい人だね」

小さく呟いた咲良の言葉を聞いていない千歳が、人混みの珍しさにきょろきょろとしている。このまま手を離せば、あっという間にどこかに走り去ってしまうだろう。改めて手を握り直すと、目的地へと足を進めた。

雪子の見舞いに行ってから二週間ほどが経ち、咲良は直人に誘われ夏祭りへと来ていた。

商店街の近くにある公園で毎年行われているお祭りらしく、誘われたのは一週間ほど前のことだ。夕方直人の家に連れていかれた三人は、そこで直人の母親達の手によって浴衣に着替えさせられた。

『折角なら、可愛い恰好して楽しんでおいで』

そう言ってくれた直人の母親の言葉通り、千歳と百花はとても可愛い浴衣を着せてもらっている。千歳は金魚柄、百花は花柄で、二人ともとてもよく似合っていた。

「あ、直人さんいたよ」

「なおー。あ、のぶもいる！」

自治会のテントで浴衣姿のまますきを掛け働いている直人の姿を見つけ、千歳達に声をかける。直人の近くには手伝いにかり出されたらしい弟の志信もおり、見知った顔に興奮したように千歳が咲良の手を引いた。

「さくちゃ、いこ！」

「はいはい。行くからそんなに引っ張らないで。百花が転んじゃうよ」

言いながら、テントの方に近づいていくと、直人がこちらに気づき手を振ってくれる。どうやら、祭りで振る舞う酒を運んできていたらしく、直人の近くにはビールケースが積まれていた。

「ああ、来たか」

「……お疲れさまです」

「なお、みてみて！　ゆかた！」

「……きせてもらった」

近づいていき頭を下げると、手を休めた直人が微笑む。若干目が合わせづらく、微妙に視線を逸らしていると、下の方で千歳が浴衣を見せびらかすように胸を張っていた。

「おお。二人とも、似合ってるな」

直人が千歳達の前にしゃがむと、よしよしと順番に頭を撫でる。千歳も百花も嬉しそうに笑っており、楽しそうな二人に咲良も小さく微笑んだ。

やがて立ち上がった直人が、咲良の恰好を上から下まで眺めると、うんうんとなにかに納得したように頷く。

「咲良も似合ってる。……これ、昔、俺が着てたやつだ」

「え、そうなんだ」

「ああ。確か……いや、まあ、昔のな」

言い淀んだ直人の様子から、恐らく、随分昔のだと知れる。咲良と直人の身長差はかなりあるため、下手《へた》したら中学生くらいの頃のだろう。なんとなく納得いかず、わずかに唇を尖《とが》らせる。

「高けりゃいいってもんじゃないし」

ぶつぶつと呟いていると、直人の後ろから志信が近づいてくる。

「咲良さん、ちわ。千歳達も」

片手を上げた志信に、こんばんはと慌てて頭を下げる。と、こちらは洋服の志信が、直人に視線を向けた。

「兄貴、運ぶのはこれで全部だろ？」

「ああ、こっちのはな。残りは、打ち上げ会場に置いとけばいい」

「じゃあいいよ。後はやっとく。千歳がうずうずしてるから、行ってくれば」

ひらひらと追い払うように手を振られ、直人が「じゃあ頼むわ」と笑う。たすきを解き志信に渡すと、咲良達の方へ向き直る。

「よし、じゃあ行こうか。千歳はこっち来い。この中で迷子《まいご》になったら、会えなくなるからな。絶対に勝手に走っていくなよ。百花ちゃんも、咲良から離れないようにな」

「はーい」

「……はい」

二人の返事に頷くと、屋台が並ぶ方へと四人で向かう。咲良自身、夏祭りに出かけるのは幼い頃以来で、人混みが苦手といえど幾らか高揚感があった。

同時に、直人に対して平静を保つようにと、必死に心の中で言い聞かせる。油断するといまだに告白した時のことを思い出し、挙動不審になってしまうからだ。

（あれで最後だったんだから。気にしてないって顔をしてないと）

意味深な素振りをみせず、これまで通りに。昔馴染みの兄貴分に対するような態度を心がけ、それ以上、ラインを越えてしまわないようにと注意を払った。

（直人さんが今まで通りなのに、俺が気にしてたら気を遣わせる。あれで全部終わり）

心の中で何度も言い聞かせながら歩いていく。

「……良、咲良？」

「へ、あ、はい！」

かけられた声に目を見開き、横を見ると、直人がたこ焼きやの屋台を指差していた。

「腹減ったろ。あれ、食べる？」

「はい」

頷くと、千歳を連れた直人がたこ焼きを買いに行く。二パック持って戻ってきた直人に促され、人通りが少ない場所で立ち止まった。

「座る場所はなかなかないから、立ったままになるけど。千歳、食うか？」

「たべるー。たっこさん、たっこさん、たっこやっきさんー」

妙なリズムをつけて歌い適当な振り付けで身体を揺らして踊りながら待つ千歳に、直人がたこ焼きを半分に割り嚙みにくいたこを避けて取り分けてやる。そして、踊るのをやめてひな鳥のように口を開けて待っている千歳のそこに放り込んだ。口に入れる前に多少冷ましているとはいえ、熱々のそれを、千歳ははふはふと言いながら一生懸命咀嚼《そしゃく》する。千歳に食べさせつつ、自分もたこ焼きを食べていき、直人達の持つパックはあっという間に空になっていった。

同じように咲良も百花に食べさせながら、別の一個を自分で食べる。チープさはあるものの、熱々のたこ焼きは久々で美味しかった。

「美味しいね、百花」

「うん」

にこにこと微笑みながら美味しそうに食べる百花を見ていると、自然と笑みが零れる。

「さくちゃ、きんぎょ！」

千歳のその一言で屋台が並ぶ場所へと戻り、色々と見て回る。金魚すくいの前では、千歳と百花と直人の三人が並んで座り込んだ。

競争だと意気込んだ結果、千歳と百花は一匹もすくうことができず、しょんぼりとしていた。逆に直人はお椀に入りきれないほど大量にすくい、知り合いらしい店番の男にお前がやるのは反則だと文句をつけられていた。

交渉の結果、千歳と百花に好きなのを一匹ずつ選ばせて連れて帰ることで決着がついたのだった。

「なお、とーもころしたべたい」

再び歩き始めたところで千歳が指差したのは、他の人が持っていた焼きとうもろこしだった。けれど先ほどたこ焼きを食べたばかりでとうもろこしを食べられるとは思えない。

「とうもろこしだよ、千歳。けど、あんなに大きいの入らないだろ？」

「とー……こもろし？」

「とうもろこし」

「とー……。つぶつぶ！　たべる！」

言い間違いを直すことを早々に諦めた千歳が、たーべーるーと足を踏ん張り始める。だが抵抗をものともせずひょいと千歳を抱き上げた直人が、仕方ないなあと笑った。

「千歳、じゃあ俺と半分こするか」

「する！」

元気よく答えた千歳に、直人が咲良の方を向き「ちょっと待ってて」と言って屋台の方へ歩いていこうとする。

「あ、直人さん、俺が……」

ここに来てから、全て買ってもらっているのだ。お金を出そうとした咲良にいいからと笑ってそのまま離れていった。

その後ろ姿を見送りながら百花と二人で待っていた咲良は、ふと、百花がじっとある一点を見ていることに気がついた。

「百花、あれ買う？」

見ていたのは、可愛い兎《うさぎ》のキャラクターが描かれた袋に入った綿菓子だった。いいの、というようにこちらを見上げてきた百花に頷いてやると、嬉しそうに目を輝かせた。

直人達が戻ってくる前に、すぐ傍《そば》の屋台で綿菓子を買い、百花に持たせてやる。大事そうにそれを抱えた百花の頭を撫でていると、焼きとうもろこしを持った直人達が戻ってきた。

「お、百花ちゃんもいいもの買ってもらったな」

そう言った直人に、百花が「うん」とにっこり笑う。立ち止まったまま千歳が焼きとうもろこしにかぶりつき、残りをあっという間に直人が食べてしまうと、不意に背後から声をかけられた。

「あ、お兄ちゃんいた」

振り返ると、そこには直人の姉の友梨香と妹の香奈子《かなこ》、そして友梨香の子供二人の姿があった。さすがに、一番下の赤ん坊である万里《まり》は留守番らしい。着付けをしてくれていた時、直人の母親が、店が一段落したらうちの子達も遊びに行くからと言っていたのを思い出し、双子に声をかけた。

「よかったね、みんな来たよ」

「うん！　りょうくん、さとくん！」

こくりと頷いた双子が、名前を呼びながら、自分達より年上の子供達の方に駆け寄っていく。わいわいと賑《にぎ》やかにはしゃぐ子供達を友梨香が静かにしなさいと窘《たしな》め、こちらに視線をやった。

「直人、咲良君。私達、この後、向こうの方である花火観に行くけど、どうする?」

千歳達は観たいだろう。そう思い、一緒に行かせてもらおうかと思ったところで、不意に横から直人が答えた。

「ああ、悪い。俺はパス。咲良もちょい借りてくから、千歳と百花ちゃん頼んでいいか?」

え、と思って見上げると、ちらりと直人がこちらを見た。視線の意味がよくわからないまま、戸惑いつつも頷き返す。

「いいわよ。千歳君、百花ちゃん、うちの子達と花火観に行こうか」

友梨香が千歳達に声をかけると、双子がこちらを見る。

「さくちゃ、いかないの? いってもいい?」

「……いい?」

「うん、俺はちょっと直人さんと用事があるから。二人は行っておいで。……あの、すみません。よろしくお願いします」

ぺこりと頭を下げると、友梨香が任せといてと笑う。

「涼《りょう》、千歳君と手を繋いで。はぐれないようにね」

一番上の子供にそう言うと、涼也《りょうや》が頷いて千歳と手を繋ぐ。そして千歳が「もも」と手を差し出すと、百花はその手を握った。友梨香と香奈子が子供達を引き連れて離れていくのを見送ると、横に立った直人に視線をやる。

「えと……直人さん、なにか用事があった？」

問いかけると、うん、と直人がこちらを向く。

「ちょっと、こっち来て」

手を握られ、すたすたと歩き始めた直人についていく。

「あ、あの。直人さん、手……」

大勢の人がいるのに、手を繋いで歩く直人に狼狽えていると、迷子になるから駄目と双子に対するような注意が返ってきた。

「千歳達じゃあるまいし、なりませんよ」

そう言い返したところで、祭りの本部として設営されている自治会のテントへと連れてこられた。

「よお、直人。一緒に飲むか？」

自治会の人達だろう。テントの外で、はっぴを着てビールを片手に飲んでいる同年代の男達に声をかけられるが、直人はあっさりと手を振る。

「パス。ビール足りてるか？」

「ああ、さっき志信君が追加で持ってきてくれたから、今は十分。後は打ち上げの時に思う存分飲ませてもらう」

「了解。飲み過ぎるなよ」

小言のようにそう言った直人は、飲み会と化している集団から離れた場所に咲良を連れていき、テントの中に置いたパイプ椅子に座るよう促してくる。そこには、他に、直人の母親くらいの年代の女性が二人ほど立っていた。案内や、迷子などがいた時の一時預かりなどもしているようだ。

「ちょっとここ座ってて。絆創膏《ばんそうこう》とか持ってくるから」

賑やかな喧噪《けんそう》の中で、耳元に唇を寄せられ囁かれる。吐息交じりのその声に肌が震え、けれどすぐに、言われた内容に目を見張った。

「……え？」

「足、下駄で擦《す》ってるだろ。さっきから歩いてる時に右足庇《かば》ってた」

「あ……うん」

指摘はその通りで、慣れない下駄を履いていたため、鼻緒が当たる部分の皮が剝《む》けかけていたのだ。歩けないほどではなかったが、痛かったのは確かで、ほっとする。

「ありがと……」

「どういたしまして。折角綺麗な足なんだから、傷作るなよ」

頭を撫でられ、そのまま するりとその手が頰を掠める。なんとなく甘さのあるその触れ方にどきりとし、ぱっと顔を俯けた。顔が赤くなりそうで、慌てて下駄を脱いでごまかす。

「うーん」

「え？　……ひゃ！」

するといいと、頭上からなにかを考えるような声がし、顔を上げようとする。同時に、俯いていて晒《さら》すようになっていたうなじの部分をすっと指でなぞられた。くすぐったさとわずかに感じた別の感覚に、思わず声を上げる。

「な、ななな、なに！」

「いや、浴衣ってのはいいなあと思って。色っぽいよな。特にその辺り」

楽しげに笑った直人に、今度こそ顔が赤くなってしまう。桜色に染まった耳やうなじを楽しそうに見遣る直人に、咲良はまともに見返すことができず視線をさ迷わせた。

「な、なに言ってんの……」

「はは、ちょっと待ってな。あー、しまった。ここが外じゃなけりゃなあ……」

狼狽える咲良をそのままに、何事かをぶつぶつと呟きながら直人がテントから出ていく。

救急箱はどこか別の場所に置いているのだろう。どきどきと速くなった鼓動が治まらず、俯いたままゆっくりと深呼吸しながら待っていると、不意に横合いから声が聞こえてきた。

「直人君、立派に育ったわよねえ。お父さんが亡くなってから、ちゃんとお店も継いで。相澤さんのところは、いい息子《むすこ》さんがいて羨《うらや》ましいわ」

しみじみとした口調で言っているのは、テントの中にいる女性の一人だった。その言葉を受けて、もう一人が続ける。

「有名な酒造メーカーに就職してたのに、辞めて戻ってきたんでしょう？　すごいわよね。……ここだけの話、ちょっと人に頼まれてお見合い写真渡したんだけど、今は結婚のことは考えられないからって断られちゃったのよ。あの年だし、もうそろそろ結婚しといた方がいいと思うんだけどねえ。おうち継ぐのも、直人君の息子さんになるでしょ、きっと」

「そうねえ。直人君も子供好きでしょうしね。昔から、よく弟さん達の面倒も見てるし」

そこまで聞き、ずきりと胸が痛む。確かに、直人は昔から面倒見がよかった。それは今でも変わっていない。そうでなければ、咲良を助け、双子の面倒を見ようとは言い出さないだろう。

（子供、か……）

その言葉に、ふと双子の顔が脳裏に浮かぶ。

好きな人や子供と一緒に新しい家族を作る。それ自体、同性に惹《ひ》かれる自身の性的指向を自覚してから縁のないものだろうと思っていたし、ずっと一人で構わないと思っていたから考えたこともなかった。

けれど、双子が来て、直人が来て。擬似的とはいえ家族のように暮らすうちに、毎日の賑やかさがとても楽しくなっていた。こんな日々がずっと続けばいいのにと、絶対に叶《かな》わない望みを抱いてしまうほどには。

雪子が退院したら、双子は母親のもとへ戻る。そして直人も自分の居場所へ帰っていき……取り残された自分は、また一人になるのだ。

寂しい。

がらんとした部屋にたった一人でいる自分を思い浮かべ、咄嗟にそう思う。強烈な寂しさが胸に宿り、けれどそれは自ら選んだことだと諦めている自分もいた。

直人も、いつかこんなふうに自分の家族を持つ日がくるのだろうか。そう思った瞬間。

「あ、でも、恋人はいるみたいよ？　一昨日《おととい》だったか、すごく綺麗な、いいとこのお嬢様っぽい感じの人を連れてお店に来てたらしくて。うちの娘がちょうど居合わせたらしいんだけど、すごくいい雰囲気だったって」

聞こえてきた声に、目を見張る。びくっと身体が震えたが、話している二人は咲良の様子には気づかないまま話を続けた。

「あらそうなの。お店にまで連れてくるなら、結婚するのかもねえ。お嬢様なら、前の会社関係の知り合いかもね」

そこまで話したところで遠くに直人が戻ってくる姿が見えたせいか、二人の会話は別の話題へと移っていった。咲良がいるため小声で話してはいたが、しっかりと聞こえていたそれに、聞こえないふりをして俯いたまま唇を噛みしめた。

（恋人……いたんだ。結婚、するのかな）

浴衣の上で拳を握りしめ、胸の痛みをやり過ごす。

やはり、直人にとって自分は弟のようなものなのだろう。触れてくれたのは咲良が一度だけと頼んだからで、それ以上の意味などなかったのだ。わかってはいたが、もしかしてという気持ちが心のどこかにあったことに自分で呆れ、そっと溜息を押し殺した。

期待したら、必ず傷つく。

だから言っただろうと自嘲する声が心の中で響いた。

あの日から、直人の態度が全く変わらないと思っていた一方で、さっきのように視線や触れ方がほんの少し甘みを帯びていたような気がしていたのだが、それはやはり咲良の願望に過ぎなかったのだろう。どきどきすることも多くて、ほんの少し恋人のような扱いをされている気分になっていたのだが、とんだ思い違いだった。

「馬鹿だなあ、俺……」

何度同じ失敗をすれば、気が済むのか。

はは、と小さく乾いた笑いを零しながら、鼻の奥がつんと痛むのをごまかすように赤くなった足の甲をそっと指でなぞる。まるで、昔から放置されたままの傷がそこにあるかのように、しくりと心の奥底が痛みを訴えた。

『もう少し、最後の方は甘さを出していいかなと思うんですが……どうでしょう』
うーん、という松江《まつえ》の声に、咲良は画面を見つめながら溜息を堪えた。言われていること
はもっともで、確かにそれは、自分でも足りないかもしれないと思っていた部分だ。
『中盤の、追い込まれていく感じはすごく緊迫感が出ていていいんですが。そこがある分、
想いが通じた後は思いっきり甘い雰囲気が欲しいんですよね』
「そうですね……そう、思います」
主人公が精神的に追い込まれていく場面は、ちょうどそこを書いていた時期に双子が来た
ため、咲良の精神状態がそのまま反映された結果だろう。双子とうまくやっていけるのかと
いう不安と、寝られないことで体力が落ちたため、精神的に不安定になっていたのが緊迫感
として滲み出ているのだ。
執筆時のメンタルがすべて投影されるわけではないが、それでも、今の心情でものすごく
幸せな場面を書くのは辛いものがあった。もちろん、小手先の技術で書くだけなら書けるだ
ろう。ただ、松江を満足させられるだけのものが出せるかどうかは、謎《なぞ》だった。
だが、仕事としてやっている以上それを言うことはできず、わかりました、と頷く。その
時の精神状態に沿った内容しか書けないのなら、作家を続けていくことはできない。
「ちょっと、直してみます……」
そして、他に幾つか指摘された内容を手元のメモに書き留めていく。いつも大枠は問題な

いが、細かいところで辻褄《つじつま》が合わない部分や、心情描写の足りない部分が指摘される。気をつけているつもりでも、やはり自分で書いているのと人が読んで気づくところは全く違うなとしみじみと感じた。

一通りの指摘が終わると、松江がそういえばと続けた。

「双子ちゃんは、その後いかがですか？　知り合いの方が手伝ってくださってるってことでしたけど」

「ありがとうございます。二人とも、すごく元気です。母親の入院が少し延びてしまったんですけど、最初の頃より随分慣れてくれたので。可愛いです」

「それならよかった。子供って、大変な時は大変ですけど、見てると癒やされますよね」

「嫌だって言い出した時は、梃子《てこ》でも動かなくなるので厄介ですけど」

主張を押し通そうとする千歳の姿を思い出し、ふっと笑うと、松江も電話の向こうで楽しげに笑う。

「そうそう。や、って即答拒否が続いた時は、どうしようかと思いますね。うちは、下の子が今その状態なので」

「二歳くらいからなるんでしたっけ……」

「魔の二歳児って言いますからね。それでも、下の娘は、性格的に大人しい分、長男よりましみたいですが」

しみじみと話し、次の予定を決めて電話を切る。たった今話した内容を見返しながら、手元に置いたカレンダーに改稿作業の締め切りを書き込んでいった。

雑誌の連載用原稿の次回分は、一応書き終わっている。見直しと修正は必要だが、締め切りはこの原稿の後のため、ひとまず置いておいていいだろう。今のところ被っている作業は他になく、突発的になにか入らない限りは問題なさそうだとほっと息をつく。

双子が来た頃に比べれば、見違えるほどの進み具合だ。あの頃は本当に行き詰まり、絶望感に満ちていた。

不意にチャイムの鳴る音がし、キーボードを打とうとしていた手を止めた。ぎゅっと眉間《みけん》に皺《しわ》を寄せ、憂鬱《ゆううつ》さを隠せないまま大きく溜息をつく。

「またか」

鳴らした相手の予想はついている。いっそ居留守でも使おうかと思ったが、無視したらしたで、行動が読めず怖いというのもあった。

重い足取りでリビングに行き、インターホンの受話器を取る。

「……はい」

『伊能です。早瀬さん、お話をさせていただけませんか』

機械越しに聞こえてきた淡々とした声に、溜息を押し殺しながら答える。

「帰ってください。あなたと話すことはなにもありませんから」

『私は、千歳さんの母親である雪子さんとお話ししたいだけです。兄とはいえ、関係のないあなたにそれを断る権利はないはずです。雪子さんの居場所さえ教えていただければ、こちらへはお邪魔いたしません』

「……会わせないように、しているわけではありません。雪了が会うと希望した時に、こちらからご連絡すると言っているだけです。お帰り、ください」

尻込《しりご》みしつつも、ここで怯んでは弱みにつけこまれると思い、腹に力を入れる。元々、人になにかを強く主張したり争ったりするのは苦手なのだ。何事もなければ、その方がいい。多少のことなら、自分が我慢して受け流すことを選ぶ。

だが、こればかりは譲るわけにはいかない。自分の対応がまずければ、とばっちりは千歳や雪子に及ぶのだから。

『雪子さんが、親としての役割を放棄している以上、こちらにも無理矢理話し合いの場を作る手立てはあるんですよ。それをしないのは、できるだけ穏便に話を済ませたいからです。今言っておいた方が、後々、そちらにとっても都合がいいと思いますが』

「別に、連絡しないとは言っていません」

『連絡してくださる気があるのなら、お会いしても支障はないでしょう』

「それは、そちらの都合ですよね……」

こっちには、こっちの都合があるのだ。そう言おうとしたところで、伊能がインターホンの向こうで溜息をついたのがわかった。

『あなたも、周囲に迷惑をかけないうちに決めた方がいいですよ』

「……っ、な、にを……」

それでは、という声とともに、インターホンの向こうが静かになる。少し様子を窺い、帰ったのだろうと思ったところでそっと息をついた。

伊能という弁護士が現れてから、そろそろ一ヶ月が経とうとしていた。その間、伊能は一日おきくらいにこの家を訪れ今のようなやりとりを繰り返している。

次第に圧力をかけてくるような言葉を告げ始め、いつまでこの状態が保てるのかと、咲良の神経は徐々にすり減っていた。

「そろそろ、直人さんにも自宅に戻ってもらった方がいいかな……」

このところ悩んでいたことに踏ん切りをつけるため、あえて声に出して呟く。今日は口に出さなかったが、伊能は時々、直人のことについても言及し始めていた。身辺調査をしたらしく、母親がいるのに無関係の他人を一緒に住まわせて面倒を見させている状況が、千歳にとっていい環境だとは言えないと言ってきたのだ。

直人自身をどうこうする気はなさそうだが、このままだと迷惑をかけかねない。先日、ポストに直人の調査書が入れられていて、店の経営状況まで事細かに調べており薄ら寒くなったのだ。

まるで、言うことを聞かなければここにも迷惑がかかることになるぞと、そう言われているような気分になった。

本来なら、その時点で直人に自宅に戻ってもらうべきだったのだが、言い出せなかったのは咲良の未練だ。ここで縁が切れたら、もう二度と会うことはないだろう。だから、じりじりとその日を先延ばしにしていただけだ。

ふと時計を見ると、そろそろ三時になろうとしている。双子を迎えに行かなければと思いスマートフォンを手に取ると、メールが入っていることに気がついた。

「直人さん、今日も遅いのか」

メールは、帰るのが遅くなるから、先に寝ていて欲しいというものだ。夏祭りより少し前から、直人は日付が変わる頃に帰宅することが多くなった。朝、双子を送っていくのは変わらずやってくれているが、夕食などは咲良が作る機会も増えている。といっても、今は咲良の仕事が以前より切羽詰まってはいないし、本来やるべきことをやっているだけなのだが。

用事で自宅の方に泊まるからと、こちらに帰ってこない時もたまにある。元々、手伝える時だけという約束だったため、それは別に不思議ではないのだが、もしかして避けられているのだろうかと思う時もあった。

（恋人ができたから、とか？）

家に連れていった人がいるというのなら、その可能性が最も高い。そして、咲良に変な期待を抱かせないよう、距離を置くようになったのだろう。

「夜、待ってようかな。二人が寝てる間に……もう、帰ってもらっていいからって話そう」

そう心に決め、咲良はじくじくとした胸の痛みを堪えながら、そっと息を吐き出した。


「あれ、起きてたんだ」

直人が帰ってきたのは、夜十二時を過ぎた頃だった。どことなく疲れた——けれど、どこかすっきりとした表情に首を傾げ、こくりと頷いた。

「ちょっと、話したいことがあったから……えと、夕飯食べる？」

「ああ、いいよ。今日は食べてきたから。それより、俺もちょっと話があるんだ」

玄関からリビングへ移動したところで、直人がソファに腰を下ろす。手招かれ、嫌なふうに鼓動が速くなりながら、咲良は直人の向かい側に座った。

（恋人ができたこと、言われるのかな）

引導を渡されるような気分で俯き加減で言葉を待っていると「咲良の用事は？」と問われる。

「俺のは……後で、いいです」

どのみち、その話を聞いてからの方がすんなり話がまとまるだろう。そう思っていると、じゃあ、と直人が続けた。

「明日、雪子ちゃんの見舞いに行こう。双子も一緒に」

「え？　あれ、でも直人さん明日は仕事じゃ……」

明日は金曜日だ。予想とは全く違う展開に首を傾げながら問えば、午後その時間だけ休みをもらうから大丈夫とからりと笑った。

「なにか、あった？」

恐る恐る問えば、うーん、と少し迷うような素振りを見せた直人が、詳しいことは明日話すよと続けた。

「どのみち、今日は遅いしね。雪子ちゃんにも聞かせたい話だから」

そう言った直人に頷き、どうしようかと迷った。予定とは違う流れになってしまったためなんとなく話すタイミングを逃してしまった。

「咲良のは？　もしかして、またあの弁護士が来た？」

「え？　あ、うん……あの人は、ほとんど一日おきに来てるから」

「暇だなあ。弁護士って忙しい仕事だろうに」

呆れたように呟いた直人に、じゃあ、と言いながら立ち上がった。

「俺、今日は寝るね。おやすみなさい」

「うん、おやすみ。あ、ちょっと待って」

「え？　って、な、直人さん？」

来い来いと手招かれ、ソファに座る直人の横に立つ。すると、腰に回った腕に引き寄せられ、子供がじゃれつくように腹の辺りに直人が顔を押しつけてきて硬直してしまう。

「はー、癒やされる。最近、双子ともゆっくり遊べてないし、ちょっと癒やしが足りなかった」

望みはないとわかっていても勝手に高鳴る鼓動を苦々しく思いつつ、けれど嬉しさもあり困ったように眉を下げてしまう。安堵《あんど》したような直人の頭を指先で撫で、不自然にならないよう、そっと身体を離した。

「俺じゃ、癒やしにはならないよ……二人の隣に布団敷こうか？」

そう言って一歩下がると、直人も引き留める気はないらしく、すんなり腕を解いてくれた。

「あー、それは嬉しいけど、千歳と寝ると蹴《け》られるからな。今日は大人しく独り寝するよ」

さて、風呂入るかな。そう言って立ち上がり背伸びをした直人に、おやすみなさい、と頭を下げて部屋に引き上げる。

いまだ、どきどきとしている胸の鼓動を持て余しながら、咲良は自分こそが癒やしを求めるように双子の部屋へと入っていった。

翌日、朝から家の中は大騒動だった。

ママに会いに行こう。そう言った直人に、千歳と百花が大はしゃぎしていたのだ。

昼頃、仕事に行っていた直人が帰ってきて、車を出してくれた。そのまま病院からは少し離れた場所にあるショッピングモールで昼食を食べ、病院へと向かったのだ。

「まま！」

病室に入るなり、声を上げて駆け寄っていった千歳を、百花を連れた咲良が慌てて追う。

「こら、千歳。病室では静かにって約束しただろ」

め、と後ろから千歳の頭を軽く叩くと、千歳が「ごめんなさい」と素直に謝ってくる。けれど、母親に会えた嬉しさの方が勝っているのだろう、すぐに、ベッドの上で上半身だけを起こしている母親に手を伸ばした。

「まま」

すると、チューブをつけたままの雪子が、千歳の身体をベッドの上に引き上げる。靴を履いているため、抱き上げはしなかったが、ベッドの端に座らせて抱きしめた。

「ちーちゃん、ごめんね。もも、おいで」

咲良が百花を抱き上げて千歳の隣に座らせてやると、雪子が二人をぎゅっと抱きしめる。ままま、と言いながら一人も甘えるように雪子に抱きついた。

雪子には昨日のうちに直人が連絡をして、双子を連れてくることは話していたらしい。それで雪子は、祖母には今日は来なくていいと言っておいたそうだ。

どうして急にとは思ったものの、雪子の入院が延び、電話越しに声を聞いているとはいえしょんぼりしていた二人の姿を見ていただけに、会わせてやれてよかったという気持ちの方が大きかった。

雪子が入院しているということは、今日の朝双子に話しておいた。入院というそれ自体はよくわかっていないようだったが、病気になったということは理解したらしく「ましんじゃうの?」と不安そうに聞いてきた。

それはないから、大丈夫。怪我《けが》がまだちゃんと治ってないから、もうちょっとお泊まりしたら、ちゃんと帰ってこれるよ。そう説明すると、安心したようだった。

「二人とも、この子達の面倒を見てくれて本当にありがとう」

千歳と百花を腕に抱きながら、雪子が頭を下げてくる。それに頷いた直人が、ふと腕時計で時間を確認し、ちょっとと言って席を外した。

「そういえば、同室の人はまだいないの?」

「ううん、今はいるよ。今日は夕方までずっと検査なんだって」

「そっか。にしても、直人さんからなにか聞いてる? 俺も、昨日いきなり言われたから」

そう言うと、ううん、と雪子も首を横に振った。

「私も、昨日、双子を連れてお見舞いに行っていいかって聞かれただけだから……」

そう言ったところで、ふと、病室の入口のドアが開いた。直人が戻ってきたのだろうと視線をやると、確かに直人の姿はあったが、その後ろに見知らぬ男性の姿もあった。恐らく、直人と同い年か少し下くらいだろう。スーツ姿の男は、優しげで、どことなく上品な印象があった。

「……っ！」

だが、その男の姿を見た瞬間、雪子が目を見開いて硬直した。唐突に部屋の中に流れた緊張感に、もしかしてという予感が胸に過る。

「……亮さん」

ぽつりと呟いたそれに、やっぱりと納得する。恐らく、この男が一宮亮――千歳達の父親なのだろう。

（けど、なんで直人さんが？）

そう思い眉を顰めていると、男――一宮が、雪子のところまでやってきた。咲良が後ろに下がり場所を譲ると、詫《わ》びるように軽く会釈をしてくる。

「雪子……その、身体は」

「……大丈夫です。病気自体は、ほぼ、問題ないそうですから」

「そうか」

安堵したような一宮に、雪子が固い声で問う。

「どうして、ここが？　直人さん？」

雪子の問いに、一宮の斜め後ろに立ち、黙って見守っていた直人が頷いた。

「そう。悪いとは思ったけど、俺の方で色々調べさせてもらった。で、一宮さんに会って、一回二人で話した方がいいと思ったからここを教えた。ただし、ひとまず俺達が立ち会うのが条件ってことで」

そして一宮は、雪子にくっついたまま不思議そうに見上げてくる千歳と百花に優しく目を細めると、雪子の方を向き、頭を下げた。

「また、俺の力不足で迷惑をかけてすまない」

そう言った一宮に、雪子は緩く首を横に振った。

「亮さんのせいじゃありませんから」

だから、もう放っておいて欲しい。雪子の硬い表情は、そう告げているようで、咲良は心の中でそっと溜息をついた。だが、ちらりと直人を見ると、なぜか大丈夫というように優しく目を細められた。

(直人さん、なにか知ってるのかな)

そう思った時、一宮の真剣な声が耳に届いた。

「……俺は、いつか君達とやり直したいと思って、この三年間やってきた」

その言葉に、雪子が瞠目《どうもく》する。そんな雪子の目を真っ直ぐに見つめ、一宮が続けた。

「いまさら、どの面《つら》下げてと言われるかもしれない。けど、俺にもう一回チャンスをくれないか？　今度こそ、ちゃんと幸せにしたい。四人で家族として暮らしたい。俺と——結婚して欲しい」

真摯《しんし》な声に、雪子は一宮から視線を逸らし、真っ直ぐ前を向いて唇を噛みしめていた。その表情は、咲良にとって見慣れたもので、思わず口元に笑みが浮かんでしまう。

「千歳、百花。ちょっとおいで」

手招きすると、それまで雰囲気を察したのか黙っていた二人が、ぴょんとベッドから飛び降りる。てててて、と近づいてきた百花を抱き上げると、千歳の手を引いて病室の入口の方へ向かった。

「休憩所にいるから。話が終わったら呼んで」

そう言った咲良の言葉に、直人が千歳を抱き上げる。そのまま二人で病室を出ていこうとして、一度だけ雪子の方を振り返った。

「雪子——もう、大丈夫だよ」

その一言だけを残し、咲良はかすかに聞こえてきた嗚咽《おえつ》を背に病室の扉を閉めた。

病室から少し離れた場所にある休憩所に向かうと、咲良達は抱き上げていた百花と千歳を下ろした。双子は、そのまま部屋の隅に置いてある本棚の方へ駆けていく。その後ろ姿に、休憩所から出ないようにと声をかけ、咲良と直人は壁際の椅子に並んで腰を下ろした。

「まずは、一宮さんのこと、黙っててごめん」

落ち着くなり頭を下げた直人に、咲良は慌てて首を横に振る。

「謝らないでください。俺は、なにがあったかだけわかればそれで」

「うん、それは説明する」

そう言って、直人は咲良の家で最初に伊能に会ってからのことを話し始めた。

「どうにも面倒な感じだったから、あの弁護士に会った後、知り合いの伝手《つて》で調査会社に一宮さんの調査を頼んだんだ」

「え?」

まさか、直人がそんなことをしてくれていたとは思わなかった。驚きに目を見張った咲良に、ひとまず相手の情報を見てから考えようっていうくらいだったんだけど、と笑った。

そして直人が「そこから、運よく偶然が重なって」と肩を竦める。

「うちで働いてる――前の会社で知り合って引き抜いたやつなんだけど、そいつが一宮さんと同年で出身大学も同じだったんだ。で、駄目元で聞いてみたら、直接面識はないけど親しい女友達はいるって言ってたから、今も一宮さんと交流があるなら話を聞きたいって繋ぎをつけてもらったんだよ」

「そうだったんだ……」

どうやらその女性は、一宮の幼馴染みだったそうだ。そして直人から話を聞き、一宮への顔つなぎをしてくれた。

「さすがに、一宮さんに信じてもらえるかは自信がなかったけど。彼女が身元の保証はしてくれたし、千歳と百花の名前を言って写真見せたら一発だった」

そう言って取り出したスマートフォンを操作して見せてくれたのは、以前、直人の家に行った時に猫耳、兎耳のケープを着た双子の写真だった。

「一宮さん、雪子ちゃんが姿を消してからずっと探してたってさ。半年くらい前にようやく見つけて、それから時々こっそり見に行ってたそうだよ」

だから、今の千歳達の写真を見せてもすぐにわかったのだという。

雪子に別れを告げられてから、一宮は死に物狂いで仕事に打ち込み、周囲になにを言われても揺るがない立場を手に入れるため、実績を積み重ね根回しをしてきたのだという。そして両親に対する恩義に反しない形で自身の望みを押し通せるだけの地盤を作ったら、雪子にもう一度プロポーズするつもりだったそうだ。

ただ、それにどのくらいかかるかもわからないため待っていて欲しいとは言えなかった。

もちろん、その間に雪子に恋人ができる可能性も覚悟していたため、必死だったそうだ。

「とりあえず、本気で好きなら、立場がどうとかのんきなことを言ってないで、周囲がどうでも自分が守って幸せにしてやるくらいの気概を持てって叱《しか》っといた。そうじゃなきゃ、迎えに行ったたって雪子ちゃんは幸せになれないだろうしね」

そう言って笑った直人は、けどまあ、と肩を竦めた。

「手がけてた新事業が軌道に乗ってきたから、近々雪子ちゃんのところに行くつもりではいたってさ。一宮の実家が千歳を引き取ろうとしていることは知らなくて、驚いてたけど」

一宮の母親もまた、一宮とは別に、折に触れ千歳の行方《ゆくえ》を捜していたらしい。そして、咲良のもとにいることがわかったため接触してきた。ただ、逆にそのことで、一宮は雪子達を自分の手で守りたいと腹をくくったようだった、と。

そんな一宮に、今日ここに来るなら、結果はどうあれ一度は雪子との間を取り持つと約束したのだそうだ。雪子に関しては、以前咲良と見舞いにきて直人一人で戻った際に、一宮についいて色々聞いていたらしい。そこで今も一宮のことを想っているのだとわかり、会わせても問題ないだろうと判断したのだ。

「ただ、本当に来るかは俺にもわからなかったから、咲良にも言えなかった。ごめんな」

来てくれてよかった、という苦笑交じりの謝罪に、咲良は慌ててかぶりを振った。

「とんでもないです。色々と、ありがとう。でも、どうしてそこまで……」

昔からの知り合いだからといって、どうしてここまで自分達によくしてくれるのか。そう思った咲良に、直人は優しげに目を細めた。

「俺は、咲良の周りの面倒ごとをさっさと片付けたかっただけだよ。あの弁護士にしょっちゅう来られて、迷惑してただろ？　それには大元の問題から解決した方が手っ取り早そうだったから、余計なお節介をさせてもらった」

「あ……」

その瞳に甘さを感じどきりとする。だがすぐに、それが早くこの騒動を終わらせるためだということに気づき我に返った。

（そうだった。問題がなくなれば、なにも気にせず元の生活に戻れるから）

雪子達の問題が解決すれば、咲良のもとから双子達はいなくなり、そうすれば直人も咲良に手を貸す必要はなくなる。恋人ができて、もし結婚の予定があるのだとしたら、心置きなくそちらに時間を割けるようになるということだろう。

「ありがとう、直人さん。あの……」

「ん？」

今このタイミングで、言ってしまった方がいいだろうか。そう思った瞬間、病室の方から一宮が姿を見せた。

「早瀬さん、相澤さん。お待たせして申し訳ありませんでした」

「ああ、いえ。話は終わりました？」

立ち上がった直人の言葉に、一宮がはいと頷く。そして同じように立ち上がった咲良の前で足を止めた。

「あの、早瀬さん……お義兄《にい》さんと呼んでもいいでしょうか」

「え、あ、え、えっと、はい」

いきなりのことにおどおどとしながら頷くと、ほっとしたように一宮が笑った。優しげなその表情に、ふとこの人なら大丈夫だと感じ、肩の力を抜いた。

「相澤さんから聞きました。今回は、千歳のことでうちの者がご迷惑をおかけして、大変申し訳ありませんでした」

腰を折って頭を下げた一宮に、大丈夫ですからと慌てて頭を上げさせる。

「俺は別に……追い返してしまっていましたし」

「いいえ、そうしてくださって助かりました。今後は、絶対にご迷惑をおかけしないように私の方で対処します」

「あ、はい。あ、でも……」

一瞬、言ってもいいものかと躊躇い、だが視界の端に双子達の姿が映ると同時に言葉が零れ落ちていた。

「あの、俺も雪子の兄なので。双子達のことも好きですし、なにかあったら……役には立たないかもしれないですけど、できることがあれば力になります、から……」

そう言った咲良に目を見張った一宮が、ありがとうございますと嬉しそうに破顔する。すると横から肩を叩かれ、割り込むように直人が声を挟んできた。

「ほら、雪子ちゃんが待ってるんだろう」

「さくちゃ、のどかわいたー。じゅーす！」

と、先ほどまで二人で絵本を広げていた双子が、小走りでこちらにやってくる。ぽすんと同時に足元に抱きつかれ、思わずよろめいた。

「わわ……っ」

「っと」

肩に置かれていた手が背中に回され、直人が身体を支えてくれる。間近で目が合い、その温かさと力強さにどきどきしつつ、赤くなりそうな頬を隠すため咄嗟にしゃがんで双子達の頭を撫でた。

「俺、この子達にジュース飲ませてから行くから。二人は先に行っててください」

「了解。なにかあったら呼んで。じゃあ一宮さん、行きましょうか」

一宮を促し、病室へ戻っていく直人の背中を見送る。じゅーす、と服を引っ張る千歳に笑いかけながら、すぐそこに見えたこの日々の終わりに咲良はそっと溜息をついた。

「直人さん、ありがとう」

病室に入った直人に改めてそう告げたのは、ベッドの上に起き上がった雪子だ。目元には涙の跡が残っていたが、その表情は先ほどまでとは比べものにならないほど晴れ晴れとしていた。

「いえいえ。どういたしまして」

「お礼は、退院したら改めてさせてもらうね」

それには、俺が好きでやったことだからいいよと笑う。

「にしても、さすがに咲良はお兄ちゃんだな。さっき、俺は雪子ちゃんの顔見てても怒ってるようにしか見えなかったから」

「うん、だって私のお兄ちゃんだもん。ちっちゃい頃から一緒だし、咲良ちゃんだけには、絶対に隠せないんだ」

雪子は、一宮に対しては全く怒ってはいなかったらしい。相手が自分より家を選んだという意識よりは、自分で別れることを選んだという気持ちの方が強かったのだという。だから本当は、改めてプロポーズされて嬉しかったのだと笑った。

「退院したら、一宮さんが借りてるマンションに行くって?」

先ほど、病室に戻りがてら一宮に聞いた話を告げると、雪子が頷く。当の一宮は、一緒に病室へ向かおうとしたものの、双子達の様子を見たいからと休憩室に戻っていった。

「咲良ちゃんの実家には……お母さんは多分いいって言うだろうけど、さすがに旦那さんに申し訳なくて行きにくいから」

「ああ、そういえば。雪子ちゃんが退院して体調が落ち着くまでは、双子は咲良のところで預かるってことでいいよな。一宮さんに話しといたけど」

「それはありがたいけど……退院したら大丈夫だよ？」

「重いものとか、急には持てないだろ。一宮さんも、急いで家族四人で暮らせる家を探すって言ってたから、そこが決まってからってことにしておいた」

「……直人さん。すごーく親切な感じで話してくれてるけど、実際親切だと思うけど、それって一番の目的は、急に二人がいなくなったら咲良ちゃんが寂しがるからでしょ」

目を眇《すが》めて真実を言い当てられ、けれど、肯定することもせずに空惚《そらとぼ》けた。実際問題、直人は雪子が退院したら、咲良はすぐに双子を返すのだろうと思っていたが、ここのところ寂しそうにしている場面を見かけることがあったのだ。

「確かにまだ、昼間二人を連れてあちこち行ったりするのはきついから助かるけど」

そう言った雪子に頷き、じゃあ決まりってことで、と話を変えた。

「そういえば、一宮さん本当に腹くくったんだな。すぐに役所に書類提出したいって言ったって？」

「うん。でも、さすがに退院するまでは待ってもらった。できれば一緒に行きたいし。そしたら、それまでにご両親には話をしておいてくれるって」

「まあ、実家はうるさそうだが、千歳が手に入るんだから黙るだろ」

「うん……あげる気はないけどね。あの子が父親を見て育って、自分からやりたいって言うならともかく、そうじゃなければ好きに生きさせてあげたいから。亮さんも、それでいいって。一宮の家には親戚もいっぱいいるから、跡取りなんかどうにでもなるって」

かくいう亮自身、本来は分家の人間だ。父親の方は、その辺りの考え方も柔軟らしい。

「それはそうと、直人さん」

不意に改まった声を出され、ん、と振り返る。ベッド脇の椅子を指差され、そこに腰を下ろすと、咲良ちゃんが戻ってくる前に話があるのと切り出された。

「咲良ちゃんのこと、どう思ってるの？」

躊躇うことなく直球で聞かれたそれに、直人もごまかさず肩を竦める。

「好きだよ。それこそ、あの子の周りの面倒ごとを手っ取り早く片付けるために、雪子ちゃんに余計なお節介をする程度には」

そう言った直人をしばらくじっと見ていた雪子が、わかった、と溜息をついた。

「直人さんのことは、昔から知ってるし……今回もお世話になったから、信用してる。だからお願い。絶対に、咲良ちゃんを傷つけないでね」

「ん？」

「咲良ちゃん、昔、付き合った人にものすごく傷つけられて、悲しい目にあってるの」

初めて聞く話に目を見張っていると、雪子が、私もちょっと聞いただけだけど、と教えてくれた。

高校時代、咲良は当時付き合っていた相手に、手ひどい捨てられ方をしたらしい。それが原因で、それまで以上に人と深く関わることを避けるようになった。

「……――」

咲良を傷つけ捨てたという見知らぬ相手に対する憤りで睨《にら》むように空を見つめていると、雪子が先を続けた。

「信じてるから。直人さんに恩はあるけど、私は咲良ちゃんの方が大事だから。咲良ちゃんを泣かせたら、絶対に許さない」

咲良に向けるものとは全く違う、厳しい声でそう言った雪子に、ひとまず過去への腹立たしさを抑え込み、頷く。

「わかってる」

そう言った直人に、雪子はふと表情を緩めると、よろしくねと微笑んだ。

双子が寝ている部屋を覗き、規則正しい寝息が聞こえてくることを確認し、咲良はそっと部屋の扉を閉めた。そのままリビングへと降りていくと、キッチンに入る。二人分のお茶を準備しながら、震えそうになる手を必死に堪えた。

ゆっくりと深呼吸をし、マグカップを両手に持つ。中身はほうじ茶のため、本来なら湯呑みの方がよかったのだが、つい、いつものくせでマグカップにしてしまった。

「直人さん、お茶飲む？」

「ああ、ありがと」

ソファでノートパソコンを開いていた直人は、咲良が近づくと、パソコンの電源を落として蓋を閉めた。

「仕事の邪魔した？」

そう聞くと、大丈夫だと笑う。

「ちょうどきりのいいとこまで終わっただけ。やってると、いつまでもメールで連絡がくるから、十一時には店じまいするって言ってあるし」

どうやら、ここのところ咲良達の問題で出歩いたりしていたせいで、仕事が溜まっていたらしい。申し訳なさに肩を落とすと、咲良が気にすることじゃないと、さらに笑われた。

「俺が勝手に首突っ込んでるだけだってみんな知ってるから、誰も咲良達のせいだなんて思ってないよ。むしろ、自業自得《じごうじとく》だって言われてる」

からからと笑う直人に、すみません、ともう一度頭を下げる。直人の前にマグカップを置いて、向かい側に座ろうとすると、不意に腕が摑まれた。

「ちょっと、ここ座って」

ぽんぽん、とソファの隣を叩かれ、一瞬躊躇ったものの、大人しくそこに腰を下ろす。拳二つ分ほど空けて座り、テーブルの上に自分のマグカップを置いた。

「あの、直人さん」

「ん？　ああ、美味しい」

本当に美味しそうにお茶を飲んでいる直人に微笑み、けれど、今日こそはと思っていた言葉を告げる。

「……今まで、色々と面倒を見てもらって、ありがとうございました」

「ん？」

そう言って首を傾げた直人に、無言で先を促された。

「雪子のことは落ち着いたし、俺も仕事がだいぶ落ち着いて……二人のこともちゃんと面倒見られるようになってきたから、これ以上、直人さんに迷惑かけなくても大丈夫かなって、思って」

「……俺は、もう必要なくなったってこと？」

「……っ、そうじゃなくて！　だって、直人さん、忙しいのに、無理してここに来てもらってたんだし……それに……」

「それに、なに？」

諦めなければいけない想いを抱えたまま、好きな人の傍にいるのが辛い。そう言ってしまいたいのに、唇は動いてくれず、こくりと言葉を飲み込んだ。違う。そうじゃない。ここで黙ってしまったらこれまでと同じだ。

そう思い直し、背筋を伸ばして直人の方を向いた。

雪子も、辛い思いを乗り越えてちゃんと自分の道を決めたのだ。兄である自分が、いつまでも膝を抱えてうじうじしているわけにはいかない。

「……俺、直人さんのことが好きです」

「うん、俺も咲良のことが好きだよ」

あっさりと返されたそれに、違うんです、と語気を強める。

「俺のは、恋愛対象として、です。俺が好きになる人は、男の人です。気がついたのは、高校生くらいの頃だったけど……。だから、これ以上、直人さんと一緒にいるのが辛いんです。だから、もう構わないで欲し……」

「あー、待った。ちょっと待った！」

言葉を遮るように掌をこちらに向けたまま言われ、目を見張る。

「わかった。なんか今、すごくわかったからちょっと待って」

頭が痛い、といった表情の直人をじっと見ていると、少しの間なにかを考えるようにじっと床を見ていた直人がこちらを向いた。

「あのさ。どうして咲良は恋愛感情で、俺はそうじゃないって思ったの」

淡々とした声と、真っ直ぐにこちらを見据える瞳が、直人の真剣さを表しているようで、視線が外せなくなる。

「あの日……咲良を抱いた日に、好きだって言ったよね。俺は、あの時から咲良のことをずっと恋人だと思ってたよ」

「……え？　え？」

思わぬ言葉に唖然としていると、直人がすっと目を細める。

「大体、好きでもない十歳も年下の――しかも男の子を抱く趣味は、俺にはないよ。幾ら頼まれても、好きな子じゃなけりゃ断固お断りだ」

「え、だって……俺のことは、千歳達と同じだったんじゃ……」

驚きに混乱したままそう告げると、剣呑《けんのん》な様子で目を眇められた。

「いつ誰がそんなこと言った？　何月何日、何時何分何秒に？」

挙げ句の果てには、そんな子供じみた確認の仕方までされて言葉が出なくなる。

互いに張り詰めた空気の中、沈黙したまま見つめ合い、だが先に視線を外したのは直人の方だった。はーっと、肺の中の空気を全て吐き出す勢いで大きく溜息をつき、俯いたまま頭を抱えた。

「なーんか、甘やかしてもぎこちないなあとは思ってたんだよ。けど、咲良の性格からいっておおっぴらに甘えてきそうにもないし、恥ずかしがってるのかなって思ったら、それはそれで初々《ういうい》しくて可愛かったし……だけど、まさかそっから通じてないとはなあ」

「な、直人兄ちゃん……？」

がっくりとした様子の直人に、ぶつぶつとなにか恥ずかしいことを言われている気がしたが、それどころじゃない状況に頭の中が空回る。

「で、俺一人、恋人気分だったって！　うわ、なにそれ恥ずかしい！　俺、馬鹿じゃん！」

そして突如ぐわっと叫んだかと思うと、恥ずかしいと言いながら両手で顔を覆う。その様子をぽかんと見つめながら、ようやくじわじわと言われた内容が頭の中に浸透してきた。

どうやら直人は自分を恋人として見てくれていたらしい。考え得る中で、一番望んで――けれど、望んではいけないと思っていた答えだけに、嬉しさと困惑が入り交じっていた。

「なんで、直人兄ちゃんが、俺なんか……」

その一言に、顔を覆っていた手を外し、直人がこちらをちらりと睨む。

「俺なんか、っていうのは、咲良のことが好きな俺に失礼だから禁止」

そこだけ強く言うと、後は語調を弱めて何食わぬ顔で続けた。

「だって咲良、見た目も性格も泣き顔も、まるっと俺の好みだからね。同性っていうのが目くらましになってたけど、風呂場で見た時に、その辺が全く問題にならないことが確定したからなあ」

自慰をする咲良を見て勃った時点で、性別なんか関係なかった証拠だと笑った。

「咲良が咲良だったら、俺にはそれでよかったんだって気がついた。実は、最初に会った時に泣いてるとこ見た時点で、名前聞く前からあーこれは好みだって思ってたし」

「……──」

なんとコメントしていいかわからない言葉と、夢ではないかという思いから、無意識のうちに頬を抓《つね》る。なんとなく痛みがあり、ああ夢じゃないんだと、頭の隅でぼんやり思った。

「なにしてんの。夢じゃないよ」

くすくすと笑いながら、直人がたった今抓った場所に唇を寄せてくる。ぺろりと舌で頬を舐められ、掌でそこを押さえてぱっと顔を離した。

「本当に……？　でも、恋人……お店に連れてきたって」

そう言った咲良に、なんのことだ、と直人が眉を顰める。そこで、お祭りの時に聞いた話をすると、なんだと軽く笑い飛ばされた。

「あー、あれは違う。うちの社員の友人。日本酒に目がなくて、あんまり出回ってない地方の地酒がうちにあるって話したら来たいって言うから連れてきただけ」

「え？」

どういうことかと首を傾げると、つまりね、と直人が咲良の額を指でつついた。

「一宮さんの幼馴染み、紹介してもらったって話しただろ。彼女だよ」

「あ……」

「他に、なにか信じられないことはある？」

「……――」

そのまま沈黙した咲良に、声を改めた直人が、きっぱりとした口調で告げた。

「咲良が、昔、付き合っていた相手と、ひどい別れ方をしたってことは聞いた」

「……――っ」

雪子が話したのだろう。ぎゅっと膝の上で拳を握りしめる。

「なにがあったか、詳しいことは知らない。話したくなければ話さなくてもいい。けど、正直、雪子ちゃんからそれを聞いてそいつに相当腹が立った。もし俺の前にいたら、確実にぶん殴《なぐ》ってる。ていうか、咲良がそんなやつに引っかかる前に、俺と再会できてればよかったのにって本気で思った。そしたら、絶対にそんな目にはあわせなかったのにな……」

静かな、しかしどこか腹立ちを抑えたような声に、胸が詰まるような気がした。唇を噛みしめていないと、みっともなく泣き出してしまいそうで、握りしめる手の力を強くした。

話しても、いいだろうか。ふと、そんなことを思う。

ずっと心の中に刺さっていた棘《とげ》。完全に塞がりきることのなかった傷について話せたら、少しは自分も変われるだろうか。そんな衝動に突き動かされ、咲良は見えない手に背中を押されるようにしてゆっくりと唇を開いた。

「高校に入ってから付き合ってた……先生、だったんだけど。卒業前に振られた時に、男に興味はあるけど外に探しに行けない俺に合わせて遊んでやっただけだって、言われて。恋人だと思ってたのは俺だけで……付き合ってるって、認識すらなかったんだって」

そうしてゆっくりと、当時あったことを話していく。出会った頃のこと、付き合っていると思っていた時は優しかったこと。そして、別れた後、虚言癖があると触れ回られていたことがわかった時には周囲からも孤立してしまっていたこと。

だから、咲良には高校時代の同級生で今も交流のある相手は一人もいない。

「……なんだそれ。今からでも探してぶん殴りに行ってやろうか」

地の底を這うような声で呟いた直人が、ふざけるな、と吐き捨てた。

「なにが遊んでやった、だ。そいつの遊びに、まだ高校生だった咲良が振り回されただけだろう。何様のつもりだ、その最低野郎は」

腹が立つ、と怒りを隠さない直人の、自分に向けられたものではないそれに、ほっと安堵する。幻滅はされないまでも、呆れられるかもしれないとは思っていたのだ。

そして、そんな咲良の前に、直人がすっと掌を差し出してくる。

「俺と、そいつは違う人間だ。俺は咲良が好きだし、恋人になって欲しいと思ってる。双子達が雪子ちゃんのところに戻っていっても、俺は、ずっと咲良と一緒にいたい」

その言葉を聞いた瞬間、堪えきれなかった涙が、一筋、頬を流れていく。胸が痛い。温かなものが溢れ出し、圧迫されるような痛みを感じる。喜びとか、幸せとか。そんな言葉では表せないほどの歓喜に、唇が震えた。

濡れた視界が揺れ、ぐす、と鼻をすすると、ひらひらと目の前の掌が振られる。

「後は、咲良次第だよ。咲良が俺の気持ちを信じてくれないと、ただの片思いになる。どうする……いや、どうしたい？」

選ぶのは、お前だよ。言葉にしないまま、そう背中を押され、咲良は温かな涙を零しながら、そっと目の前にある大きな掌を握った。


緊張で、心臓が口から飛び出してしまうんじゃないかと思った。

誰かと身体を繋げること。もちろん、その行為自体が初めてなせいもあるが――ベッドに行くまでの間すら、なにをどうすればいいのかがわからずテンパってしまっていた。

リビングのソファで静かに泣きじゃくった後、涙が収まった頃を見計らって、お風呂に入っておいでと企む声で促された。

その時はまだ、その先のことなど考えていなかった。だが咲良が風呂に入っている最中、洗面所に入ってきた直人が、風呂の扉の向こうから笑い含みで告げてきたのだ。

『風呂から出たら、するから。ちゃんと心の準備をして出ておいで』

そう言われ、煮えた頭で身体中を洗い――なかなか風呂場から出る決心がつかず、いつもの倍くらいの時間、風呂に入るはめになってしまったのは仕方がないだろう。

そして風呂から出た後も、ぐずぐずとパジャマを着たり髪を乾かしたりしていたのだが、結局しびれを切らした直人に抱えられるようにして咲良の部屋に連れていかれた。そしてぽんとベッドの上に座らされ、そのままそこにいるようにと厳命されたのだ。

ちなみにその後、咲良はベッドの上に座ったまま、直人が風呂から出てくるまで本当にぴくりとも動かずにいた。実際には、これからのことをぐるぐると考えていたら動きそびれていたというのが正しい。だが微動だにしなかった咲良の姿がツボにはまったらしく、戻ってきた直人はひとしきり笑い始めたのだ。

「あー、笑った。なんか、連れてきた時と同じ恰好してるなと思ったら、本当に全く動いてないんだもんな」

「……うるさいな。色々考えてたら、時間が経ってただけだし」

唇を尖らせた咲良の額に、直人が口元に笑みを残したままキスをする。首元までボタンを留めてきっちりとパジャマを着込んでいる咲良とは対象的に、正面に座る直人は、スウェットの下だけを穿《は》いており上半身は裸だ。髪も、ざっとタオルで拭《ふ》いただけなのだろう。まだ濡れているのがわかる。

「髪、ちゃんと乾かさないと風邪引くよ」

しっとりとした髪に指先で触れる。咲良のものより幾分硬い感触のそれを指で梳《す》くと、その手を摑まれる。軽く引かれ、上半身がわずかに傾ぐと同時に口づけられた。

「ふ……っ、んん……っ」

深く重なった唇は、すぐに直人の舌によってこじ開けられる。歯列の合間から忍び込んできた舌が咲良のそれを搦め捕っていき、強く吸われた。じんとした熱が身体の奥に湧き起こり、こもるように溜まっていく。

ベッドの上で手を繫ぎ、互いの指を絡ませ合う。ちゃんと、こうして繫いでいてくれる。その感触に安堵し、緊張でがちがちになっていた身体から少しだけ力が抜けた。

やがて咲良の息が上がってくると、直人が口づけを解いてふっと笑う。

「……息、してるか？」

「して、る……よ……」

言いながら、わずかに視線を下げる。キスの仕方も知らないほど、なにも知らないわけではない。そうとは言わなかったけれど雰囲気でわかったのだろう、咎《とが》めるように下唇を軽く嚙まれた。

「んん……っ」

再び舌を搦め捕られ、口腔《こうこう》を搔《か》き回される。繫いでいた指はいつの間にか解かれており、首筋や頰、耳朶を指先でくすぐられた。目を閉じたまま与えられる感覚を追っていると、いつしか肌にひやりとした空気が触れる。

「ん……？　あ……っ」

いつの間にか、パジャマのボタンが全て外されていたらしい。唇が離れていき目を開いた瞬間、すとんと上着が肩から落ちていく。そのまま手際よく脱がされ、嫌がる間もなく下着ごとズボンも抜かれてしまった。

「あ……っ」

せめて前だけでもと隠そうとした両手を取られ、ベッドの上に仰向けに転がされる。柔らかなスプリングに身体を受け止められると同時に、頭の両脇に摑んだ手を縫い止められ、のしかかるように直人が上から覗き込んできた。なにも隠すことができない状況に、恥ずかしさで一気に心臓の音が速くなる。

「今日は、全部もらうから。逃げるなら今のうちだぞ」

「……して、くれるんだ？」

無意識のままぽつりと呟いたそれに、直人が軽く目を見開く。

「どういうことだ？」

「……え、あ、いや」

視線を逸らすと、咲良、と額を合わせられて促された。

「だって、この間……俺だけで、直人さんなにもしなかったし。最後までするのは嫌なのかなって……」

「なにするかは知ってるのか？」

問われ、おずおずと頷く。したことはないけれど、知識としてはあった。昔、悩んだ時期に、そういった本を読んだりもしてみたのだ。

「したことはないよな」

今度はすぐに頷くと、直人が満足げに笑った。

「よし。あー、ちなみにこの間、俺が途中までしかしなかったのは、ちゃんと準備もしてなかったから無理だろうなと思ったからだ。いきなりあそこに突っ込んで、痛くないはずがないだろう？」

「……そ、れは」

「かといって、途中までやっちゃうと箍《たが》が外れそうだったから、こっちも必死に我慢したんだよ」

「……──」

黙ったまま直人を見上げていた咲良に、どうした、と顔を近づけてくる。

「……この間、一回だけでいいからってお願いしたし……だから、してくれたのかなって思ってたから」

「は？」

なんのことだ、というそれに、咲良も首を傾げる。

「この間……あの、告白して……し、てって頼んだ時に……」

一回だけでいいからと言ったのだ。そう伝えると、直人はぎゅっと眉間に皺を寄せた。

「悪い。それは聞こえてなかった……。あの時俺はすでに恋人だと思ってたって言ったろ。大体、一回やり捨てって、俺はどんな最低野郎だよ。咲良の中の俺は、そんな無責任なやつに見えてたか？」

「違っ！　直人さん優しいから……いいとこ、弟分くらいかなって思ってたから。だから、最後までは無理でも、あのくらいならできるのかなって……」

「あー………いや、まあ。その辺は、お互い誤解だったってことだな。今はもう、そうは思ってないだろ？」

額を合わせて告げられた真摯な声に、こくりと頷く。じゃあ、これで仲直りだと軽く額にキスをされ、視線を合わせて互いに微笑んだ。優しく許してくれるその気持ちが嬉しく、無性に泣きたくなってしまう。

「ってことで、今日は手加減しないから。明日、動けなかったら一日寝ててもいいよ」

だがそんな優しげな表情のまま、直人がさらりと不穏なことを言う。問い返すより早く鼻の頭に軽くキスを落とされ、啄《ついば》むように幾度か唇を合わせると、すぐに口づけが深くなっていく。

キスに夢中になっている間に、脚の間に直人の膝が割り込まされる。そのまま徐々に脚を開かされ、自身が今どんな恰好をしているかを自覚しないまま、咲良は必死に与えられる快感を追った。

「ん、ふっ……ふ、あ!」

胸元の尖りを指先で弄られ、脚の間にあるものに掌が添えられる。ゆるゆると扱かれると、キスだけで反応しかけていたものがすぐに硬くなっていった。

身体に触れる直人の体温が、いつもより高い。身体のあちこちに痛みをともなうキスをされ、それが皮膚の薄い場所にくると、堪えきれないほどの刺激が全身を走り抜けた。

「あ、あ……ああっ」

先走りを零し始めた中心から手を離した直人が、右胸の粒を舌で転がす。舌先で弾《はじ》かれ、押しつぶすように舐められ、強く吸われる。口に含んだそれを甘噛みされながら、もう片方を指先で軽く抓られると、どうしようもなく腰が疼《うず》いた。

止めたいのか縋りたいのかわからないまま片方の手で直人の髪を掻き回し、もう片方の手は枕元のシーツをたぐり寄せるようにして摑む。そうしていないと、身体が勝手にもっと強い刺激を求めてしまいそうで怖かった。

ふるふると震える自身から溢れた先走りが身体を伝い、シーツへと零れ落ちていく。そこには触らないまま左右の胸を交互に散々舌で弄り続けられた後、濡れそぼった粒を指先の腹で押しつぶしながら、今度は胸全体を掌で揉むようにされた。

「や、そこ、もうや……っ」

「咲良のここ、小さくて可愛いな……ほら、赤くなって膨らんできた」

低い声で囁きながら、直人がちゅっと赤くなった胸先に口づけを落とす。

「やぁ……っ」

じんじんとしたかすかな痛みと熱を感じるほどに弄り続けられたそこは、吹きかけられる息すら刺激になってしまうほどに敏感になっている。むずかるように首を振った咲良に、宥めるように胸先を軽く吸い舌で舐めた直人が、すっと下腹部の方へと身体をずらした。

へその近くや下生えの辺り、開かれた脚の内股《うちもも》に皮膚を吸うようにキスをされ、そこを舌先で辿られる。じんわりとした快感に、だが身体の中に溜まっていった熱がどこにも行けないまま解放を求め、放置されたままの前を擦りたくなってしまう。

胸を弄られている間、堪えるためにシーツを掴んでいた手を外す。前を擦ろうとそろそろと手を下ろしていくと、駄目だよ、とあっさり見つかって遮られた。

「自分で触るの禁止」

「そ……っな、やだ……」

「駄ぁ目、今日は全部俺がするから。咲良はそこで素直に感じてればいいよ」

身体を上げ、ちゅっと唇に軽くキスを落としてきた直人が一度身を起こす。ひとまず静まった衝動にほっと息をつくと、ベッドサイドの方に腕を伸ばしていた直人が、再び覆い被さるようにして戻ってきた。同時に、身体の最奥にぬるりとしたものが触れる。

「……っ」

この間よりも、もっとぬめりを帯びたなにか。いや、触っているのが直人の指だということはわかっているのだが、初めての感触に身体が驚いていた。言葉もなく目を見張った咲良に、直人が小さく笑う。

「今日は、ちゃんとローション準備しといたから。この間よりは、楽だと思う」

いつの間に、という言葉は、直人の口腔に飲み込まれてしまう。そして空いた方の手でぐいと咲良の膝を開かせると、奥の蕾にゆっくりと指を忍び込ませていった。覚えのある感覚と、記憶にあるそれとは若干異なる感覚に、一瞬頭がついていかず身体が硬直する。

「あ……っ」

「大丈夫、この間ちゃんとできただろ。力抜いて」

身体を起こした直人に、するりと腹部を撫でられ、やがて咲良自身を握られる。ゆるゆると擦りながら後ろの指を動かされ、咲良は枕の上でかぶりを振った。

「や、そこ……」

そして思い出したのは、この間ここで与えられた、強すぎる感覚。快感と呼べるのかどうかすらわからなかったあれに再び襲われたら、確実におかしくなる。そんな恐怖と――少しの期待が入り交じっていたせいか、身体に入った力がなかなか抜けない。

「ほら、こっちに集中して」

「ん、んん……っ」

そう囁かれ、後ろの指は動かさないまま先走りを零し続けていたものを扱かれる。やがてそちらに意識が向かってしまった頃には、直人の指は一本だけだが根元近くまで埋めこまれていた。それがずるりと抜かれ、内部を擦られる慣れない感触にも声を上げる。

「ああ……っ」

それを何度か繰り返すうちに、ぼうっとした意識の中で、三本の指が咲良の内部をかき混ぜるように動いていた。緩めるようにそして開くようにばらばらに動く指を完全に受け入れられるようになった頃には、身体から力は抜け、内襞《うちひだ》を擦るその感覚に翻弄《ほんろう》されていた。

咲良を傷つけないよう慎重に、優しく、けれど迷いなく動くそれは内側から咲良の身体だけでなく羞恥や理性すら解いてしまいそうになる。それでも、頭の片隅に残っている意識がそれらを手放すことにブレーキをかけていた。

「も、やだ……や……っ」

散々中を弄られ、けれど達することのないよう手加減されており、咲良は解放を求めて身体中を巡る熱に身悶えていた。肌が桜色に染まり、吐き出す息にすら欲に満ちた熱がこもっているようだった。

「そろそろいいかな」

そう呟いた直人が、ゆっくりと指を引き抜く。その後、考える間も与えず咲良の身体をころりと転がし俯《うつぶ》せにさせた。息も絶え絶えにされるがままだった咲良は、だが次の瞬間、目を見開いてベッドをずり上がろうと暴れ始める。

「や、やだ！　この恰好……っ」

「大丈夫、大丈夫。恥ずかしくない」

子供をあしらうような調子なのに、子供にはとても聞かせられない声で言いながら、直人が咲良の腰だけを引き上げる。後ろを直人の目の前に晒しているような恰好に、目の前が真っ暗になってしまう。

柔らかな尻を掌で幾度か揉まれ、それに気を取られている間に後ろに熱が押し当てられる。指などとは比較にならない大きさに、咲良はぴたりと動きを止めた。

「あ……、ああ……っ！」

身構える間もなく、ものすごい圧迫感とともに身体の中に熱が入り込んでくる。痛い、というよりは苦しい。身体から力を抜こうとするがうまくいかず、ぎゅうっと手元のシーツを握りしめた。

「咲良……咲良、ほら、ゆっくり息して」

背後から背中をするりと撫で下ろされ、深呼吸、と言われる。その声に促されるまま、詰めていた息をゆるゆると吐く。再び吸い込み、ゆっくりと吐いていくと、それに合わせてゆっくりと直人のものが奥へと進んできた。

「そう、うまい……」

先ほどまでとは違い、うわずった声で直人が告げる。熱のこもったそれにぞくりとし、同時に、きついだけだった内部が直人のものを吸い込むようにうねるような動きを見せた。

「……っ！」

「くっ、……ほら、全部入ったぞ」

中の反応が変わったのが伝わったのか、直人が一気に全てを押し込んでくる。そのまま背中に覆い被さるようにして、背筋や首筋に唇を這わせてきた。馴染むまで待ってくれているのだろう。ふ、と短く息をつきながら、直人が咲良の身体を優しく掌で撫でてくれる。

「も、い……から……」

衝撃が去ると、自分の身体の奥で脈打っているものの感触がひどく落ち着かなかった。うずうずと腰を揺らすと、かすかに微笑む気配がして、大きな掌で腰を摑まれた。

「あっ！　……あああ……っ」

身体の奥を、熱で擦られる感覚。ゆっくりとぎりぎりまで引き抜かれたものが再び一気に押し込まれる。形容しがたい、総毛立つような感触は、今まで経験したことのないものだった。

痛みはない。けれど圧迫感はやはり変わらず、自然と腰が逃げそうになる。だがそれは許されず、摑んだ腰を引き戻しながら、直人の動きが次第に速くなっていった。

「あ、や、そこやだ……っ」

狙い澄ましたかのように、直人のものが咲良の中にあるひどく感じる場所を擦る。その度に、言いようのない快感が腰から這い上がってきて、次第にきつく閉じた瞼《まぶた》から涙が滲んできた。がくがくと腰が震え、身体を支えていた腕に力が入らなくなり枕に顔を埋める。腰だけを高く上げた状態で、後ろから直人に貫かれたまま、揺さぶられ続けた。

熱い。怖い。自分でも制御できなくなった熱を、どうしていいかがわからない。ただ解放を求めるそれに、本能のまま腰を揺らし直人のものを締め付けた。

「……っ」

背後でぐっと息を詰める気配がし、内壁を擦るそれが膨らんだ気がした。圧迫感が強くなり、また、先ほどまでより奥まで届くような気がして、咲良は溢れ出る嬌声《きょうせい》を抑えられないままになった。

「やぁ……っ、へん、身体、変になる……っ」

シーツに身体が擦られる感触すら刺激になり、どうしていいかわからなくなる。涙を零しながら、触るなと言われたせいで自分自身に触ることもできず、早くとなにかを促すように内壁が直人のものに絡みついた。

「いい、から……、そのまま、変になってろ……っ」

呻《うめ》くような声で直人がそう告げた瞬間、一層強く中を抉《えぐ》られる。ぐり、と最奥にあるなにかを先端で擦られた瞬間、咲良はぞっとするほどの快感に襲われた。

「や、あ、あああ……っ！」

「……っく」

気がつけば、腰が震え達していた。シーツの上に放ったものが零れ、自分でも意識しないままのそれに茫然とする間もなく、最奥に熱が広がった。直人のものがびくびくと震え、立て続けに放たれたそれに「あ、あ……っ」と腰が震える。

そして胸を上下させ息を整えていると、不意に、ぐるりと視界が回った。抜かれないままの熱がぐりっと敏感になった内壁を擦り、再び声を上げた。

「え、あああ……っ！」

俯せだった身体がひっくり返され、仰向けにされたのだと、直人の顔が視界に入った瞬間理解する。けれどそれよりも、繋がったままのそこが思わぬ動きをし、咲良は必死に腰に力を入れ快感をやり過ごそうとした。

「待って……まだ、待……っ」

けれど、そんな抵抗も虚しく、脚が押し上げられ再び腰を動かされる。その上、怖いくらい真っ直ぐに正面から顔を見つめられたままで、頭の中まで煮えそうになってしまう。

「やだ、見ないで……見ちゃ、や……」

涙に潤んだ瞳で、汗の浮いた直人の顔を見つめる。羞恥で視線を外したいのに、外せない。

強い瞳に引き留められ、咲良はくしゃりと子供のように顔を歪《ゆが》ませた。

優しいのに、怖い。強い瞳は、咲良の中のなにもかもを見透かすようで、身体が震えた。

弱さも、狡《ずる》さも――そして、浅ましさも。

ふっと気配が緩み、優しい指先が咲良の目元を撫で零れた涙を拭ってくれる。滲んだ視界で直人を見ると、微笑んではいるけれど瞳の強さはそのままでこちらを見つめていた。

「笑うのは仕方がないけど……これからは、泣くのは俺の前だけにしろよ」

「ふ、え……？」

甘い、だが有無を言わさぬ声で言われ、どうして、と問う。

「泣いた顔が、一番可愛いから」

だが、返された答えにかっと頬が熱くなり、ばか、と小声で呟いた。

「泣きたい時は、思う存分泣かして……甘やかしてやるから。一人で泣くのも、禁止な」

「……直人、兄ちゃん」

不意に、幼い頃、直人から言われた言葉を思い出す。

昔から変わらない。唯一、咲良に泣くことを許して、前を向く強さをくれた人。

大好き。

そう囁いた言葉は、嬉しげに笑んだ唇に飲み込まれてしまう。

繋がったまま上体を倒した直人に深く唇を合わせられ、身体はきつかったけれど、それよりも喜びの方が強かった。

舌を絡め合い、軽く腰を揺らされながら、舌を痛くなるほど吸われる。飲み込みきれない唾液が口端から零れ、ようやく口づけを解いた直人が濡れた口元を舌で拭った。

「は、ふ……っ」

息を継ぐように胸を喘《あえ》がせると、濡れた舌で咲良の胸元を舐め上げる。結局抜かれないままの直人自身もいつの間にか力を取り戻しており、先端で奥の感じる部分を擦りながら胸を弄られれば、一度放ったことで萎えていた咲良のものも再び勃ちあがり始めた。

「直……ちゃ……また、すぐ……する……の？」

まさかと思いながら問いかけると、直人がふと胸元から顔を上げる。ふっと優しく目を細められ、少し休ませてくれるかなと思った瞬間、そうだよ、とさも当然のような答えが返ってきた。

「明日は、一日寝ててもいいって言ったろ」

「え、……え？」

「さっきは、顔が見られなかったから。今度は、ちゃんと咲良がいく顔見ないとな。一回いってるから、しばらく保《も》つだろうし」

ここでなら、幾らでも泣いていいよ。

そう囁かれた直後、今度は正面から腰を突き入れられる。身体を折りたたむように曲げられ、上から貫かれるような体勢になり、咲良は落ち着ききらないまま与えられる刺激に一気に身体の熱を引き上げられた。

「あ、あああ、やぁ……っ」

そして有言実行とばかりにじっと咲良の顔を見つめてくる直人の視線にすら、感じてしまう。一瞬たりとも逸らされないそれに、前を向いて視線を合わせることもできず、涙に濡れた瞳をうろうろとさ迷わせた結果、ぎゅっと瞼を落とした。

「……っ、咲良、目、開けて」

「や、やだぁ……っ」

ふるふるとかぶりを振った咲良の耳元で、腰を揺らしながら直人が「開けて」と囁く。

「開けなかったら、ここ、縛るよ」

しまいには、咲良の前を軽く扱きながらそんな言葉さえ告げられ、ひどいと心の中で呟きそっと目を開いた。すっと目元から涙が零れ、だが、濡れた視界の向こうにある直人の欲の滲んだ瞳を見た瞬間、視線が逸らせなくなった。咲良に対して、欲情している。それがわかるほど熱のこもった視線を受け止めた瞬間、ぞくりと身体に震えが走った。

「く……っ」

「あああ……っ」

身体が、変わる。そんなことを思ってしまうほど複雑な動きで、内壁が直人のものに絡みついた。意識しないまま誘うように腰を動かした咲良に、直人が目を細めて口端を上げた。

言葉もなく再び追い上げられ、脚を抱えられたまま腰を回される。内壁全体を擦られ、一気に引き抜かれたそれで再び奥まで貫かれ、咲良は声を上げて身悶え続けた。

「あ、触っ……た……めっ、いっちゃう……っ」

「好きなだけ……、いって、いい……っ」

揺さぶられながら前を扱かれると、堪えきれない快感が這い上がってくる。直人の掌に自身を擦りつけるように腰を揺らし、咲良は再び追い上げられ放埒を迎えた。

「……っ、あ、ああああ……っ！」

びくびくと震えて放ったそれが、腹の上に散る。一瞬たりとも目を逸らさずに咲良の顔を見ていた直人の視線に、どうしてか涙が止まらなくなってしまう。

「泣いてていいから、こっち見てて」

そう告げた直人に逆らえないまま、咲良ははらはらと涙を零しながら直人の目を見つめ続ける。そして、真っ直ぐなその視線にすとんとなにかが胸に落ちた。

この人なら、大丈夫。自分をさらけ出しても、きっとこうして見ていてくれる。根拠もなくそう思い、直人の首筋にそっと腕を回した。縋り付くように身体を寄せると、繋がった場所が一層深くなる。そのうち、境目がわからなくなるほどに身体が溶けてしまうのではないか。そんな感覚に恐怖すら覚えながら、咲良は震える唇で小さく呟いた。

「好き……」

いつまでも、この手を離さずにいられる自分でありたい。そんな願いを込めながらもう一度同じ言葉を耳元で囁く。

「ああ、俺も好きだよ……」

そして返された真剣で優しい声を、今度こそ同じ気持ちだと信じられた。身体中が幸せに満たされたまま、ふっと言葉が零れ落ちる。

「……大好き」

そして、それ以上意味のある声を発することができないまま、咲良は見たこともない高みに押し上げられていくのだった。

翌日、咲良は和室の布団の上に横たわったまま、ぺたりと布団脇に座り両側から覗き込んでくる双子の顔を順番に見遣った。

「さくちゃ、おねつ？」

「いたいいたい？」

「……ごめんね、二人とも。大丈夫。ちょっと、風邪引いちゃっただけだから」

掠れた声で呟いたそれに、双子が心配そうにしょんぼりと眉を下げる。布団から出した手で二人の頭を撫でてやると、台所から直人が「朝飯できたぞ」と声をかけてくる。

「寝てれば治るから、二人は、いっぱい遊んでおいで。動物園、初めて行くんだろ？」

「うん！」

「……でも、さくちゃ、いけないの」

昨日から楽しみにしていたのだろう。千歳は大きく頷いたものの、百花は離れがたいのか布団の端を握っている。

今日は、直人の実家へ行った後、友梨香と志信が子供達を動物園に連れていってくれるらしい。昨日、病院からの帰りに連絡が入り、双子は咲良も一緒に行くと言ってたのだが、今朝になったらこの有様で、それどころではなくなったのだ。

「ごめんね。でも、涼也くんや悟《さとる》くんと一緒だから、きっと寂しくないよ。千歳もいるし。千歳、百花をちゃんと見ててあげてね」

「わかってる！」

任せておけ、というように頷いた千歳に微笑み、ふくふくとした柔らかな百花の頬を指先でつつく。

「そんな顔してたら、折角会う動物さんが近づいてきてくれなくなるよ」

そう言うと、こくりと頷いた百花が首筋に抱きついてくる。

父親である一宮と病室で会った頃から、特に百花は咲良にべったりになっている。恐らく無意識のうちに、もうすぐ離れることがわかったのだろう。性格は大人しいが、精神的には百花の方が、成長が早いようだった。

咲良にしてみれば、母親と暮らせることは嬉しいのだろうが一方で咲良と離れることを寂しがってくれているようで、嬉しかった。

「あ、ちとせも！」

百花に続いて、千歳も負けじと首に縋り付いてくる。横たわったまま双子の重みを感じ、くすくすと笑いながらも痛めた喉から咳が零れる。

「ほら、咲良のことは俺に任せて、二人はご飯食べて行く準備しろ」

呼びに来た直人の声に、ほら、と双子の背中を叩いて促してやると、はーいと言ってダイニングへと向かう。準備をして食べておくよう声をかけた直人が、トレイに雑炊を乗せて運んできた。

「そっち、行くのに……」

「どうせ歩けないだろ。そのままでいいから、寝てろ」

ぼそりと言ったそれに、やに下がった表情で続けられる。

実際問題、身体を起こすだけで精一杯で、朝ベッドから下りた瞬間腰が抜けたのだ。あまりのことに絶句していると、直人が平然とした顔で抱き上げ、こっちにいた方が世話しやすいからとここまで運んでこられてしまった。

上半身だけを起こし、後ろに大きいクッションを置かれる。それに寄りかかるようにしていると、本当に病人になったような気がして居たたまれない。

「病気じゃないのに……」

「って言っても、しんどいだろ。悪いな。最後の方、ちょっと箍が外れた」

ひやりとした手が額に当てられ、だがそれよりも言われた台詞《せりふ》にがっと顔が熱くなる。

『いや、もう駄目……やあぁぁ……っ』

何度言ったかわからない自分の言葉が、耳元に蘇る。

一度達した後、体勢を変えられ正面から覗き込まれながら再び達し、それ以降も抜かないまま何度も身体の奥を掻き回され続けた。どろどろに溶けてしまいそうなほどの熱に身体中が侵され、内部は直人の熱でずっと擦られ。なにをされても、どこを触られても感じてしまうほど敏感になってしまい、最後の方は泣きながらやめて欲しいと訴えていた。

『ほら……身体は、まだ欲しいって言ってる……』

意識しないまま、中にいる直人を物欲しげに締め付けてしまっていたのも、止まらなかった原因だろう。後ろから溢れるほどに直人のものを注がれ、抜いた時のどろりとなにかを漏《も》らしてしまったような感覚に再び泣いてしまった。

どうやら、直人は咲良の泣き顔に欲情するらしい、というのは今改めて考えて思ったことだ。涙を零す度に、慰めてはくれるものの、一方で直人自身が反応し始めるのだ。しかも一度抜いたものを直視してしまい、その予想外の大きさに言葉を失ってしまった。

『お、大き……なに、それ』

絶句していた咲良に、直人は平然とした顔で、だから言っただろと告げたのだ。

『絶対、最初は入らないって。今日もいけるかわからなかったから、半分駄目元だったんだけどな。いいとこ見つけてからは、意外に素直に飲み込んでくれた』

いい子だな、と後ろを撫でながらそんなことを呟かれた日には、羞恥で死んでしまうかと思った。

結局、気を失うように眠りに落ちたのがいつのことかもわからなかった。明け方目が覚めた時には身体は綺麗に拭われており、裸のまま直人に抱きしめられていたのだ。

その後、さらに双子が起き出す時間まで身体を弄られ続け、濡れていた奥に直人を受け入れて喘がされたせいか咲良は起き上がることもままならなくなってしまった。

そして風呂場に連れていかれ、泣きながら身体の奥まで洗われたことは無理矢理記憶の奥へと封印する。

「……直人兄ちゃんの、いじめっ子」

恨めしげに呟いたそれに、いじめっ子か、と笑いながら直人がトレイを自身の膝の上に置く。あーん、と雑炊をすくったスプーンを口元に運ばれ、さすがにそれはとスプーンを奪って自分で食べた。

「なんだ、自分で食べるのか？　俺の楽しみが……」

「食べさせたいなら、双子に食べさせて！　ありがとう、美味しい！」

羞恥のあまり声が大きくなりながら、直人の膝の上からトレイごと雑炊を奪って口に運ぶ。咄嗟に身体を動かしあらぬ場所が痛んだものの、我慢して黙々と食べた。

「……っくく、あははは！」

だが、なにがツボに入ったのか、隣で直人が笑い始める。胡乱《うろん》げに横目で見ると、文句言いながら律儀だなあとさらに笑った。

「咲良の場合、わかりやすく甘やかさないと通じないってわかったからな。これからどんどん甘やかすから」

そう宣言し、双子に呼ばれた直人が立ち上がり際にくしゃりと髪をかき混ぜてくる。

ふわふわの髪は、風呂上がりに直人にドライヤーをかけられたものだ。自分のは無精してたいして乾かしもしないくせに、人の世話になると途端にはりきり始める。

「世話好きだよなあ……」

ぽつりと呟き、黙々と雑炊を口に運んでいく。椎茸《しいたけ》と鶏肉、人参《にんじん》に白菜、卵。生姜《しょうが》も入っているようだった。和風出汁《だし》の風味がふわりと口の中に広がり、食べるごとに身体が温まっていく。

時間が経って冷静になると、本当に自分でいいのかと思ってしまう。

直人は相澤家にとっては跡取りで、咲良と恋人になるということは、当たり前のことながら直人に子供ができないという問題が出てくる。兄弟が多いとはいえ、期待はされているだろう。それに、直人自身子供が好きなのに、自分の子供を持つことができない。

ずっと、一緒にいられるかはわからない。そんなことは、誰にもわからないことだ。

けれど、あの差し出された手を取った時、咲良は離れたくないと強く思った。他に、誰もいらない。直人がいればそれでいい、と……そんなふうに、思ってしまった。

人と関わることが少なかった分、自分の想いは、きっと重い。それを直人が目《ま》の当たりにした時、どうなるかはまだわからない。それでも、昔みたいになにも言わないまま——言えないまま離れることは、直人に関してはできないだろうという自覚があった。

今思えば、昔のあれは、恋に対する憧れに引きずられたような部分もあったのだろう。自分の性的指向を自覚し始めていたから、余計に、この人の手を離せば自分にはもう誰もいないという思いが強かった。

けれど、直人に、咲良が咲良であればいいと言われて——自分を認めてもらった上で気持ちを返してもらえて、人を好きになる衝動というのはこういうものなのかと思い知った。

「あ……」

不意に、小説が書きたくなってしまった自分に苦笑する。

改稿のアドバイスをもらって、詰まっていた部分。幸せな主人公。それが、今ならとても自然に書けそうな気がした。指がうずうずとしてしまい、慌てて雑炊を食べてしまうとトレイを枕元に置いた。

ノートパソコンを持ってきて、膝の上に置けば書けるか。そう算段をつけ、起き上がろうとした瞬間、ぴきりという痛みが身体中を駆け抜け布団の上で無言で悶えた。

「……なにしてるんだ？　咲良」

身体を丸めるようにして悶えている咲良に、双子の食事が終わり、咲良の食事を覗きにきた直人が不思議そうに問う。その姿を涙目で見上げ、文句を言うより先に「ノートパソコン」と呟いた。

「小説、書きたい」

その一言に破顔し、直人が傍《かたわ》らに膝をつき再び咲良を布団に横たえてくれる。

「根っからの物書きだな、咲良は。待ってろ、持ってきてやるから」

「ありが……っ」

ちゅ、と顔を上げた途端に音を立てて唇を奪われる。真っ赤になった顔に満足げに笑った直人は、夕方までには一段落しといてくれよと耳元に唇を触れさせ囁かれた。

「……っ」

ぞくりと身体が震え、数時間前までの熱が蘇りそうになる。うっすらと涙を滲ませ耳を塞ごうとした咲良の手を取り、さらに続ける。

「双子は、今日はうちに泊めて、明日の夜戻ってくる予定だから。俺も、今週の休み調整したから、今日まで仕事してきたら明日は休み。ってことで、帰ってきたら覚悟しといてな」

「……――っ！　パソコン……っ！」

帰ったらなにをするか宣言されたも同然のそれに、耳まで赤くしながら直人の身体を押し退《の》ける。楽しそうに笑いながら和室を出ていった直人の姿が消えると同時に、ぐったりと身体から力が抜けた。

やがて、込み上げてくる喜びに、布団の中でくすくすと笑い始める。

泣いて、笑って……泣かされて。

そんな場所をくれた人のことを思いながら、幸せな気分のまま、咲良は嬉しさで零れた涙をそっと拭った。

あとがき

こんにちは、杉原朱紀です。この度は「泣いてもいいよ、ここでなら」をお手にとってくださり、誠にありがとうございました。

可愛くて癒される話にしようという目標はあったのですが、わりと通常運転な感じになってしまった気がしなくもなく。ちみっ子が出てくるお話は、読むのは大好きなのですが、書くのはなかなか難しいなと実感しました。でもすごく楽しかったので、また機会があれば書きたいなと。

ちなみに、今回、イラスト確認時の自分が怪しさ満載でした。

本文イラストをいただいて確認している最中、とある一枚を見ながら、咲良のお尻の形が好みで揉み心地よさそうだなーとぼんやり考えていて（どれかは察してください）。ちょうど電話していた担当様にまるっとそのまま答えそうになってしまったので、慌てて口にチャックしました。でも焦って「背中のラインが綺麗で！」とか言ってたので、若干だだ漏れてた気もします。

カバーイラストのラフを拝見したのも、ちょうど空港のカフェでひと休みしている時で、あまりの可愛さに周囲の目を忘れて叫びそうになってしまい。その後、ずっと眺めては笑っていたので、誰かに見られていたら完全に怪しい人でした。

挿絵をくださいました、鈴倉温先生。可愛い双子や咲良、格好いい直人を本当にありがとうございました。四人とも、イメージ以上に可愛いし格好いいしで、拝見させていただく度に頬が緩んで仕方ありませんでした。このお話にして、本当によかったです。が、四人でいる場面が多く、人口密度が高くなってしまいお手数をおかけしました……。

先生のイラストで作品を素敵なものにしていただけて、感謝しております。

ご迷惑をおかけしております、担当様。初稿の段階で、送る送る詐欺を続けてしまい申し訳ありませんでした。体調管理には気をつけつつ、毎回言っている気もしますが、次こそはちゃんと予定を守りたいと思います……。色々と足りない部分のご指摘、いつも本当にありがとうございます。今後とも、どうぞよろしくお願いいたします。

最後になりましたが、この本を作るにあたりご尽力くださった皆様、そして読んでくださった方々に、心から御礼申し上げます。

気が向いたら、感想など聞かせていただけると泣いて喜びます。

それでは、またお会いできることを祈りつつ。

二〇一六年　初夏　杉原朱紀

✦初出　泣いてもいいよ、ここでなら……………書き下ろし

杉原朱紀先生、鈴倉温先生へのお便り、本作品に関するご意見、ご感想などは
〒151-0051 東京都渋谷区千駄ヶ谷 4-9-7
幻冬舎コミックス　ルチル文庫「泣いてもいいよ、ここでなら」係まで。

幻冬舎ルチル文庫

泣いてもいいよ、ここでなら

2016年7月20日　　第1刷発行

✦著者	杉原朱紀　すぎはら あき
✦発行人	石原正康
✦発行元	株式会社 幻冬舎コミックス 〒151-0051 東京都渋谷区千駄ヶ谷 4-9-7 電話 03(5411)6431［編集］
✦発売元	株式会社 幻冬舎 〒151-0051 東京都渋谷区千駄ヶ谷 4-9-7 電話 03(5411)6222［営業］ 振替 00120-8-767643
✦印刷・製本所	中央精版印刷株式会社

✦検印廃止

ISBN978-4-344-83768-3　C0193　Printed in Japan